人生不急慢慢走

Life is not urgent, go slowly

上海文艺出版社
Shanghai Literature & Art Publishing House

Life is not urgent,

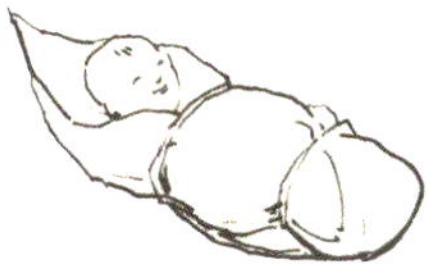

go slowly

人生不急慢慢走

王金根·著
王荆龙·绘

上海文艺出版社
Shanghai Literature & Art Publishing House

赚来的人生也精彩
——序

程永新

认识王金根太久了，我们结识于上世纪80年代，一同度过青年时代，一同经历中年，又一起向老年走去。谁也说不清岁月都去哪里了。

上世纪80年代中期，王金根还是个面容清癯的帅小伙，供职于某法制单位，专门扛着摄像机拍摄被审判的犯罪嫌疑人。他家住在上海淮海路边上的平民区，我那时候大学刚毕业，我家离他家不远，所以经常去他家打麻将。王金根整天乐呵呵的，跟谁都是自来熟，一副无忧无虑的样子。后来从别人口中断断续续听闻他的身世，为他乐观向上、不折不饶、能屈能伸的人生态度所感慨所折服。王家一幢二层的楼房，建造的年份不久，高高矗立在那一片平民区的中央，坐西朝东，一眼望去，很像是都市村庄里的财主家的房子。

90年代，王金根在单位与人发生纠纷酿成事件，被迫下海，一个算命先生说他命里缺土，与房子搭界会比较顺，于是他混进一家房产公司，对外号称是办公室主任，其实大多数时候什么事都不干，就在办公室里打麻将。一段时间过去，命运似乎并没有出现转机，以至于他渐渐地开始怀疑人生。不久他又辗转进入一家生产睡衣的日资企业，日方老板独具慧眼，发现他身上杰出的人所难及的交际才能，于是投资开了一家餐馆让他管理，本意是想让他长袖善舞纵横捭阖，为企业结交各方“神圣”。后来事态的发展完全出乎日方老板的意料。

在王金根的屡屡恳求下，我把我的大学同学，一家房产公司的老总带到饭店，引荐给他。几次三番的交往后，他以出色的交际手段与我的同学混成至交，为他最后的跳槽埋下了伏笔。他最终奔赴我同学的集团公司，出任旗下文化公司的副总。那家文化公司的老总本来是我，当时我同学坚持要我辞职，说文化公司的老总位置一直为我留着。可当时单位不同意我辞职。如果当时辞职成功，我就是王金根的顶头上司。

步入中年的王金根虎背熊腰，不惹事也不怕事，有年除夕夜，我们在俱乐部打牌，一群人冲进来闹事，掀翻桌子，王金根镇静地站起来，一个人面对一群闹事的家伙面无惧色，中气十足地大声嚷嚷，声音堪比大分贝的音响，足以震慑住一群闹事者。最后警察来了，才平息了事端。

进入新世纪开始企业改制，王金根将文化广告公司转制，一步步实现了财务自由，取得事业上的成功。

王金根的人生道路与国家的改革开放同步，他是改革开放的最大受益者和见证者。所以，当他为了念旧，想为他的老邻居们自费印一本画册时，我鼓励他以个人的视角来叙事，制作一本反映时代变迁的图文书，因为无数个体的成长史、奋斗史，汇聚起来，就构成我们国家的社会史、经济史和文化史。这本书里提到的“弹硌路”“老虎灶”“烟纸店”这些名词，已经随着时光的流逝而永远存活在我们的记忆中；而“大饼油条”“米饭饼”“甜芦粟”“雪里蕻”这些食物渐行渐远，再也不可能成为如今年轻人的宠爱。“米饭饼”是我小时候的最爱，每天上学前路过大饼油条店我都会买一块果腹。那白色的米饭饼一面呈淡黄色，像是烘烤过，放了点酒酿，有点类似宁波的酒酿饼。宁波的酒酿饼如小笼包一般大小，而米饭饼则像葱油饼那般大小。有好几次我在这座城市的饮食店里寻找米饭饼，别人都茫然地摇摇头，不知米饭饼为何物。

在这本书里，我们不仅读到了王金根的身世，读到了他的成长历程，也读到了他热情待友、乐意帮助他人、孝敬长辈的许多传统美德。王金根善于交际，认识各个阶层的人，我们居住的那一大片住宅区，谁家有困难，比如小孩读书，比如报户口之类的问题都会找他。他未必所有事情都能搞定，但他永远不会拒绝你，以至于永远给求他的人以希望，所以大家都亲切地把他称为“村长”。

王金根戏称他的六十多年的人生是赚来的，要是当年没有养父养母的慷慨接纳，他就可能变成一个弃婴，变成飘在宇宙中的一缕空气，其实我们每个有幸亲历中国几十年好时光的人，又何尝不是生活里的幸运者呢？所以在我看来，这本书的题目理应叫作命运。

是为序。

2024.6.17

上善若水 厚德載物
王金根先生惠存
阿敏畫於癸卯春月

目录 CONTENTS

毛主席万岁

一个被领养的弃婴

1957年2月23日（阴历正月廿四），一个男婴在上海嘉定呱呱坠地。男婴名叫金春阳，因为非婚生下，在万般无奈下，亲生母亲不得不选择弃养。在一个朔风凛冽的寒夜，年轻母亲来到上海市区，把襁褓中的男婴小心翼翼地放在了地处徐家汇的上海交通大学门口，内心还存有一丝期望，期望男婴能被有知识的人家抱走。可惜，捡走男孩的却是一家困难户。三个月后，困难户因实在养不起，又送给复旦中学对面理发铺里的广东人家收养。广东人家虽有收养愿望，但又力不从心，纠结中听说隔壁邻居王少华办的拆纱作坊里有人想领养孩子，便找到这位叫黄定贞的女工。黄定贞三十左右，刚从扬州到上海没两年，住在陈家巷，因婚后膝下无子女，闻讯后喜出望外，立即找到自己的小姊妹毛秀英商议。毛秀英当即就告诉她：只要你喜欢，有眼缘，就是天意。于是她急忙去广东人家抱走了金春阳。就这样，一波三折，到了第三家人家，这个小生命终于有了归宿。在这位慈祥可敬的妇女的怀抱中，金春阳住进了华山路1641弄 226号，并更名王金根——这个王金根就是我。

从此，我的童年、少年、青年时期的生活便和陈家巷紧紧相连。我在这里读书、成长，一直到工作、结婚，与陈家巷结下了不解之缘。

◎ 一个被领养的弃婴

我的养母

养母黄定贞（1926—2006），人称小姨娘，为人善良真诚，心里总是装着别人，对人愿倾其所有，对己则克勤克俭。就拿三年自然灾害时期来说，她宁可自己忍饥挨饿，也要把最好吃的留给我，留给亲人。我平时吃食堂多，她在家门口用破脸盆做一个灶头，用隔壁薛家做家具的刨花当燃料，长年用米和青菜放在一起煮，煮成的干粥烂饭自己吃。总之，为了能让我吃得好一点，她可以倾尽所有。

我的养母为人热情大方，谁家有困难，她都乐于帮忙，比如隔壁邻居家孩子多生活困难，每逢月末都要借钱，她都会真心相助。她还关心身边的大龄未婚青年，遇到合适的就热心地牵线搭桥；看到没有住房的，会不辞辛劳跑到城乡接合部帮忙找房源。因为在纺织厂工作，她上班要三班倒，但她承担了所有家务，里里外外一把手，含辛茹苦、无怨无悔把我养大。在她的思想中，她所认同的忠孝礼义和为人之道，也深深地印入我年幼的脑海。

对于我的成长，尤其在我的学习方面，只要我开口，她都会满足。她常常说，千万不要做睁眼瞎，要好好念书。“乖乖要上天，妈妈给你扶梯子”，这是她的口头禅。她虽大字不识一个，但她的口头禅，每次说来都简单明了，而且充满人生的智慧和生活的哲理，让我幡然领悟。这些口头禅朗朗上口，我至今记忆犹新，还会经常说出来与朋友们分享：“礼多人不怪，油多菜不

坏。”“宁借千里帽，不借一里鞋。”“一起就起，发财到底。”“一穿就穿，代代做官。”“舌头打个滚，不叫人蚀本。”“牛饿三天吃屋草，人饿三天不挑食。”“吃了豆腐粽，才把棉衣送。”

上世纪90年代我下海后，总是忙到深夜回家，我养母会一早起来搬个小板凳坐在我家门口，提醒过往的邻居别惊动我睡觉，可见为了让我休息好，她用心良苦。当然，但凡她得知左邻右舍的孩子下了岗，就会要求我这个“老板”想方设法帮助解决工作。

◎ 我的养母

我的养父

养父王长安（1926—2006），人称小姨夫，新中国成立前从扬州投奔他的舅舅进入上海大中华橡胶厂工作。1958 年，他响应党的号召“支内”，被分配到陕西的大山里做冶金工程的建筑工人。那是个保密单位，大家都不知道生产什么，他的薪资也由高薪降为低薪，他说这是为了国家。在我的记忆里，养父平时不苟言笑，他的爱比较含蓄。他长年在外地工作，上海就养母和我相依为命，每年春节他回沪探亲不到一个月，终究聚少离多。我小时候，他探亲回家会特地给我带很多好吃的糖果，聊以弥补他不能陪伴我的缺憾。但他对我不是只有宠爱，更有严厉的管束，总是拿爷爷对他的谆谆教诲来告诫我，“勿以善小而不为，勿以恶小而为之”“做人要谦虚，行事要谨慎”等等。我十多岁时曾一人背着米和肉坐火车去看望养父，他在西安接了我，然后转乘解放牌卡车去他单位。卡车在山间盘旋，一会儿在山头一会儿在山腰，从这座山到那座山，整整开了四个多小时，云里雾里让我晕头转向，直到夜色降临，山坳间发现许多发亮的光点，正看着，突然有一双“灯泡”扑向我们的卡车，让我吃惊不小，当时养父告诉我这是豹子的眼睛。那遥远的路途和一路的颠簸至今深深留在我的脑海里。除此之外，印象深刻的是那漫山遍野的映山红，和民工们抡着大锤用钢钎打炮眼开山放炮的情景。

我养父是一位勤勤恳恳、埋头苦干的老实人，让我最为佩服的是他只有小学毕业的文化，“文化大革命”中却被选入工宣队，居然把毛主席的语录背得滚瓜烂熟。几十年来他饱经风霜，历经艰难困苦，一生中唯一让他愤愤不平的事，是冶金基地下马，关停并转，他退休后多年没有拿到退休金。他曾以一个共产党员的名义投诉，十年间如石沉大海杳无音讯。为了弥补他的遗憾，我在 2004 年专门陪养父母和舅舅去了一次西安，让他们享受一下过去在陕西没有享受过的生活。在西安的好友陈秋林的精心安排下，他们体验了许多人生的第一次，例如第一次坐飞机，第一次住高级宾馆，第一次坐豪车参观游览西安的名胜古迹，第一次吃大餐和陕西的各种美味佳肴。我的养父对我的成长一直寄予厚望，好在我没有辜负他。让我一直难忘的是，他退休后每次回扬州乡下，逢人就说：我这辈子靠的是儿子，他最能孝敬我。碰到他的姐妹会一再叮嘱：你们有困难一定要去找我儿子，他是我的骄傲！事实上，但凡养父母乡下的亲戚遇到困难来找我，我都会义不容辞地帮助解决。

新民邨 226 号——我的家

华山路 1641 弄 226 号，是我的家。我家位于陈家巷新民邨里，东临淮海别墅，“文革”前有一扇小门与淮海别墅相通，“文革”中被拆除，可直接经淮海别墅到兴国路。我家的房子是 1955 年 5 月一个叫薛顺祥的人卖给我的养父和朱学宽的，养父和朱学宽共同拥有这间 20 平方的房子及篱笆菜园，买下后两家将房子一分为二，各占一半，10 平方左右。我至今还保留着房产契约书，甲方介绍人是张秀凤，乙方介绍人是唐金华。当时的房子是草房，周边大多是茅草棚，又破又旧。墙壁是所谓的“篱笆墙”，即中间是竹片，两面再用掺着碎稻草的烂泥糊上。屋顶的结构很简单，用竹竿搭起三角形的框架，架在四周墙上，再依次排放竹竿加固，然后用芦席覆盖，芦席上面再盖上稻草。稻草是需要经常换新的，我从记事起就成为梁国香师傅（人称梁木匠）换稻草的帮手，用新的稻草覆盖在被风和野猫弄坏的旧稻草上，活儿虽然不重，但稻草铺得匀是要有技术的。由于每年要换新稻草，很麻烦。后来油毛毡这种材料出现了，就用油毛毡覆盖在稻草上，再用竹条压住，用铅丝扎紧，比稻草好多了。“文革”中，朱学宽因支援内地建设离开上海，把他的半间房卖给我家，我和梁木匠不断地进行整修、翻新、扩建，真可谓“拆东墙，补西墙”。直到 1979 年，我参加工作的第四年，才彻彻底底地把房子翻建好，加高为一幢两上两下的房子，成为当时新民邨里比较好的房屋了。

◎ 新民邨 226 号—— 我的家

我家的左邻右舍

我的发小王荆龙描绘的这张图，非常生动形象地勾画出陈家巷新民邨中我的家以及左邻右舍的居住环境。我的家是 1641 弄 226 号。

我家左边住丁来宝、虞争友、张宝香、张国流（大勾子）、赵永达（毛巴）、陈显良（龙巴子）、薛祖春（小兔子）、俞金荣、颜金娣、陶萍、薛兴荣家，后面是黄新华、董军、李庆和、虞力、王国平、黄继业、吴宝林、唐转英、张秀凤、王福德、梁宝明、张建平家，右面是“老皮匠”、“老山东”、王泽平（三胡子）、李金华、胡云华、刘姓广东人（新民邨围地大佬）、张鸿翔、周干甫、唐龙宝、贺临海、陶巧玲、王荆龙家，对面是张国俊、徐建军、陆建峰、钱慧莉和“老剃头”家。

这张地图，令我感到熟悉和亲切，也唤起了我对当年生活绵延不断的回忆。陈家巷动迁改造后，大部分邻居都分散到市区各地，只有少部分邻居八年后回迁。我是回迁的人之一。我对我的老邻居们一直怀着感恩之心，在我工作之后，尤其在我下海之后，经常邀约大家一起聚餐相会，还组织大家到上海周边旅游，住宿酒店，一起畅谈回味过去的人和事。每一次邀请大家团聚都很开心，想起儿时受到这些邻居的照顾关怀，都令我感动不已。最开始的时候，团聚的人数有五桌，随着岁月流逝，人数由五桌人渐渐减少到连一桌人也不到，想想非常伤感。因此，记录下当年的生活景象和世态人情，也是我拿起这支笔的动力。

◎ 我家的左邻右舍

难忘当年的生活场景

我在陈家巷新民邨生活了三十一年，从 1986 年着手拆迁，到 1988 年拆迁结束即开始建造，时隔七年后的 1995 年回迁。拔地而起的华山花苑，由长宁区区政府和中国丝绸进出口总公司等十八家单位联建，从头至尾负责这项工程的总指挥是冯培生先生。居民们搬进华山花苑，眼看着曾经的棚户区发生了翻天覆地的变化，感慨万千。但是，无论身边的环境发生了什么变化，我对当年陈家巷的每一条大大小小的街巷，对周边的历史建筑、公园和学校，对街边与市民生活息息相关的商家、店铺，对曾经的左邻右舍的长辈、亲友，对从小玩到大的同学、伙伴，都太熟悉了！可以说，每一处街角，每一条小巷，都曾留下过我的足迹……

◎ 难忘当年的生活场景

陈家巷新民邨的来历

上世纪 80 年代以前的陈家巷新民邨是一个典型的棚户区，被周围众多的洋房、别墅和公寓包围，东面的兴国路、淮海路上，有当今的网红打卡地武康大楼和宋庆龄故居；南面有上世纪 30 年代淮海路上的第一高楼登云公寓；西面的华山路上有马相伯创立于 1905 年的名校复旦中学；北面的泰安路上有卫乐园、亦邨等花园洋房和公寓。这些公寓、洋房等历史建筑名扬四海，可匍匐其间的陈家巷却鲜为人知。

关于陈家巷的来历，坊间有各种说法。

一种说法是，陈家巷的历史最早可追溯到明朝。我的同学沈建国曾听家中的长辈们讲起，他们祖上是沈万山的后裔，为躲避朱元璋的追杀，辗转来到陈家巷。这里原是一片荒芜之地，有七户不同姓氏的人家在此居住，因其中年龄最长的一户姓陈，所以叫陈家巷。七户人家当年都是有钱人，因此来自各地投奔他们的亲戚也纷纷在此落户。

此外，相传在太平天国运动期间，曾有大批难民为躲避战乱，逃难到此，便在此栖身、定居。

同学王晶提供的另一种说法称，1641 弄与法华镇路原是同一条河浜，他的太爷爷是坐船从青浦来到陈家巷的，1641 弄是河浜的尽头，于是就在此地下船落户。最初只有几户人家，后来渐渐人丁兴旺起来。

据我的发小王荆龙听他父亲说，上世纪二三十年代，他父亲从常州来到陈家巷，听介绍人说，当时陈家巷这片荒地上有一个法国兵营，聘用的看门人是印度“红头阿三”，他父亲曾亲眼看到法国兵营门口的“红头阿三”凶神恶煞的模样。另据同学沈建国说她们沈家祖上有一块荒地曾租借给越南人种菜，专门供应给法国兵营。越南人雇佣了一个叫毛林发的人专门负责送菜。该人就住在新民邨老虎灶对面。由此可见，曾经的法国兵营、印度“红头阿三”或越南人，这些传说都不是空穴来风！

可以说，近百年来的陈家巷变化并不很大。上世纪 50 年代初，陈家巷除了已有的一片片棚户和不多的几栋洋房、公寓之外，依然有荒地可开发。据我的一位远房亲戚称，邻居陶巧玲他们一家那时从内地转到上海，就是在紧挨着霞飞别墅（即淮海别

◎ 陈家巷新民邨的来历

墅）插桩围地盖了一栋两上两下的房子，落户于陈家巷的。邻居徐海英家，因其父是木匠，从青浦迁居陈家巷时，也是采用插桩围地的方法盖了三栋房自住和出租，也证实了上面的说法。相比之下，现居闵行的李绍恒家就没有那么幸运。他们一家从苏北逃荒到陈家巷后，也想效仿别家“插桩围地”，但因地痞敲竹杠过狠，只能作罢。

陈家巷形成规模的棚户区是在上世纪 50 年代的国民经济恢复期。当时，大批江浙人前来上海寻觅生计，其中，来自苏北地区的尤众。他们人生地不熟，喜欢聚居同一地块，抱团取暖，以期相互有个照应，陈家巷自然成了他们的首选之地。

总之，坊间的各种传说，如同一块块拼图，勾勒出陈家巷形成的不同阶段的历史面貌。可以相信，一代一代来到这片荒地上的人们，插桩、围地、盖草房，吃苦、耐劳、奋斗谋生，经年累月，繁衍生息，逐渐形成了充满人间烟火的新民邨。

漏风透光的隔墙

陈家巷新民邨的民居，由最初的插桩围地盖茅草房，到新中国成立后各家修缮或翻盖砖木瓦房，住房条件虽有改善，但仍属于典型的拥挤的棚户区。因此，门对门、窗对窗，相距很近的情况比比皆是，有的甚至你从自家窗口一伸手，就伸到别人的房间里了。在参差不齐的简陋房屋中，有的相邻两家会共用一片瓦或共用一堵墙，有的甚至用竹篱笆当间隔墙，于是这家开着灯，那家就不用点蜡烛，毫无隐私可谈。我的家和剃头师傅朱学宽的家隔墙用的是芦席，漏风透亮，终年不见阳光。好在两家人口不多，因而相处得非常融洽。我家和黄新华家的隔墙用的是竹片烂泥糊的“篱笆墙”，隔音条件很差，彼此说话声音大点都能听到。我小时候一生病，哼哼几句，隔壁新华的娘就会问一句：“小金根，是不是不适意啦？要开水伐？”正因为“隔墙有耳”，邻居家一旦发生什么情况，隔壁人家都会出手相援。我家斜对门的陈显忠，发高烧得脑膜炎，我养父刚好在家探亲，发现后立刻送去医院，医生说再晚来半小时，这小孩就废了。

◎ 漏风透光的隔墙

报纸、年画和镜框

为了掩盖“篱笆墙”的灰暗，使房间内显得干净透亮，很多居民喜欢在隔墙的表面糊上一层纸。我家用的是年画，黄新华家用的是旧报纸，因为他的父亲黄德生是饮食店的账房先生，有文化，每天看报纸，便用看过的旧报纸来糊墙。居民们习惯上把报纸称作“申报纸”，是因为民国时期最有名的报纸是《申报》，所以“申报纸”便成为报纸的代名词。每到迎新除旧的年节，撕掉墙上的旧报纸，再贴上新报纸，屋子里就有装饰一新的感觉。我大伯王长宏的房子是租借陈显良（龙巴子）家朝北一间只有一张床大小的房间，又破又旧，终年不见阳光，但他把画报贴满墙，形成一个纸盒子形状的房间，让人有一种新鲜感。陈家巷新民邨的人家大多会在墙上挂上镜框，镜框里装着全家福的照片或个人不同时期的照片，我家墙上就挂着养母四十岁的照片。镜框里的照片总是寄寓着种种美好的回忆和期待，也算是一道风景线。

◎ 报纸、年画和镜框

最最担心刮台风

陈家巷新民邨中有不少居民一家数口蜗居在狭小的草房陋屋里，阴暗潮湿，拥挤不堪，吃喝拉撒全在里面。烧饭烧菜用煤球炉，用水是从给水站往回挑，每天还要倒马桶。屋子里通风采光都很差，除了电灯之外，没有任何家用电器。但是，令居民们最最担心的，还是台风。每当台风临近，家家户户都会对房屋进行修补、加固，抵御台风侵袭。我清楚地记得，每年的台风季到来之前，我都要爬上屋顶，用铁丝加固竹片压住油毛毡，或者用绳子上下兜住收紧竹片，防止被风刮走。这也是当年陈家巷里常见的景象。如果不维修，就像徐宝泉（老娘舅）租给王殿根和黄旭监的房子，被台风吹倒后，变为废墟。还有一个叫大金根的家也是在台风中被夷为平地。此外，令人担忧的还有下大雨时屋顶漏水，一旦大雨来袭，家里的铅桶、脸盆、痰盂等都要准备用来接水，漏水声如同交响乐，发出不同的声音。如果是床的部位漏水，那就只能彻夜难眠了。那时候，只要遇到暴雨，陈家巷整条弄堂会被水淹，唯独新民邨因地势高不会被淹。每逢这个时候，小伙伴们特别兴奋，会用木盆当船，到水深的地方打水仗。

◎最最担心刮台风

不要小看弹硌路

陈家巷新民邨，基本由烂泥路和弹硌路组成，1641 弄就是由河浜填平铺成了弹硌路的。在弹硌路上骑自行车，那种被震动、颠簸、弹跳的感觉，俗称“吃弹簧屁股”。大热天如果穿上木拖鞋走在弹硌路上会发出奇怪的响声。弹硌路又称弹街路，就是由卵石、块石铺筑而成的马路或弄堂小巷。它的表面不平整，缝隙很大，但它的优点却是排水相对快，天热时不像沥青马路会发烫。我年轻的时候家门口一段弹硌路因排自来水管子被掘开，我曾试着把它铺好，结果很难，所以，不要小看弹硌路，铺筑起来还需有一定技术和本领。

◎ 不要小看弹硌路

小路狭窄似迷宫

陈家巷新民邨内的道路除1641弄堂口稍宽外，其余皆是小弄堂，最宽处不过一二米，最窄处在新民邨——小道两边房屋的屋檐都紧贴着，连黄鱼车也进不去，只能容身一人勉强通过。小弄堂曲曲弯弯犹如迷宫，不熟悉环境的人很容易迷路。发小王荆龙家的房子离大海小海家的房子仅有一米宽。让我奇怪的是，剃头的汤师傅家住二楼，唯一的房门却开在外墙上，开门即面对狭窄的夹弄，每天进出家门，需要在夹弄里架上木梯子，爬上爬下。我家与老皮匠和老山东家的门窗相隔一米不到，时常相互招呼和关照，我小时候养母出去办事，会把我从窗口传递到老山东家托管，那时的邻里关系是现在无法比拟的。小弄堂一旦有陌生人来，邻里都会主动上前询问找谁。如果是一对卿卿我我的青年男女，则更引人关注。因为所有的邻里都彼此熟悉，家家户户的底细也了如指掌。

◎ 小路狭窄似迷宫

生炉子——城市里的一道晨景

早起生炉子，曾经是老城区里尤其是棚户区的一道晨间风景线。生炉子是要一些技巧的，先用废纸点火，引燃小木条，放上煤球或煤饼，用破扇子对着下面的炉口扇风，上面用铅皮做的喇叭形烟筒拔风，技术高的，几分钟就搞定。聪明的人，会把炉口对着风向，借风省力。但有时候也会因为弄堂狭小，煤烟不易消散，人被熏得泪水直流。

我虽然很少生煤炉，但我会“借煤饼”，即拿个新煤饼换邻居家燃着的一个煤饼放到自家的炉子里，这样就不用生炉子了。我就常常这样做。逢休息日的前一天，到了晚上，在炉子里放入一个新煤饼后，把炉门关起来，上面放一壶水，这叫封炉。第二天早晨，水是温热的，可用来洗脸刷牙。当然，白天不用烧水做饭时也可以把炉子封起来，节约能源。这些都是上一代人积累的勤俭节约的生活经验。不过封炉子要有一定的经验和技术，二者缺一不可。我常常会把炉子封死，结果第二天一早就会手忙脚乱。

◎ **生炉子**——城市里的一道晨景

水缸、米缸、咸菜缸 石磨、石臼和石杵

为了减少来回上给水站接水的麻烦，每个家庭都会备有一个小水缸，蓄水以供日常用水所需。为使水缸里的水保持新鲜，水缸需要每天清洗，家家都是如此。我的同学孙国民，每天放学回家必做的事就是去给水站挑水回家，他用一根扁担挑两个铁皮桶，去的时候，他挑着空桶一路笃悠悠东张西望，家家户户有什么动静都逃不过他的眼睛，回来的时候水桶装满水，他必定会大呼小叫要路人让开。

米缸也是家家必备的。我家人少，不常在家煮饭，养母买来的米往往会出米虫，米虫最后变成飞蛾。一旦发现家里到处有飞蛾在飞，说明米早已出虫了。

家家必备的还有咸菜缸。咸菜缸有大有小，根据家庭人口多少而定。我家的缸略小。养母一旦腌咸菜，我总是要帮忙的。养母放一层青菜或雪里蕻菜，撒一把盐，便叫我用脚踩实，如是反复，到咸菜缸满后，用一块石头压在上面。一周后，把石头拿掉，咸菜在盐水里浸着，想吃的时候随时拿出来炒菜吃。

我家至今还保留着当年的三件老物：磨糯米粉的石磨和舂芝麻粉的石臼、石杵，这些老物，在当时可是非常稀缺的好东西，很多邻居家里没有，因此过年时都要来借用，非常抢手，得排队算好时间依次来借的。

◎ 水缸、米缸、咸菜缸　石磨、石臼和石杵

说起老物件，当年还有一种传统的厨房用品叫“饭窠”，主要用于饭菜保温。它通常由稻草编织而成，外形呈鸟巢状，内部铺一块小棉被，把一锅热饭放进去，可以保持几个小时的温度。我家还曾有过一个鸡毛掸子，鸡毛特别长，周围邻居家都没有。它有两个用处，一是扫除灰尘，二是父母教训我时……

露天小便池——当年不觉难为情

陈家巷里有两个露天小便池，就在1641弄堂的路边上，一个靠华山路口，一个靠小菜场，供弄内居民使用。小便池就是靠墙砌的一个长条池子，贴上白色的瓷砖，有个下水道，直通粪坑。虽然在今天看来，露天小便池既不卫生更不雅观，与城市文明相去甚远，但在当时，对于家中没有卫生设施的居民来说，是日常生活不可或缺的。小便池里有不知哪个部门放的几个大塑料桶，让居民把小便尿在桶里，传说是用来做药的。回想起当年，发生在小便池边的尴尬故事还真不少，憋尿憋得急了，着急忙慌的，一下子溅在旁边的撒尿者身上，免不了会有争吵。小便池边上还有一个倒粪坑，似乎这也是小便池的“标配”。当年往往女的在倒粪坑倒马桶，男的在小便池小便，谁都没有感觉到难为情。

◎ **露天小便池**—— 当年不觉难为情

毛蚶壳、竹刷子
——我也倒过马桶

在城区的大规模住房改造之前，整个上海没有卫生设施的住房有很多，作为棚户区的陈家巷新民邨更是如此。为此，倒马桶是每家每户每天必做的功课。有两种情况，一种是每天凌晨，环卫工人推着集粪车进入弄堂，一边走一边吆喝："倒马桶哦！"他们把居民们放在门外的马桶里的污物倒入粪车，居民们则在清晨起床后把马桶刷洗干净，晾干后拿进屋里。另一种是自己拎着马桶到有粪坑的地方去倒。倒马桶一般都由家中的女人去干，但也有极少数的例外。我也倒过马桶，这是在我养母生病的情况下，具体的步骤我还印象深刻：先用水把马桶冲洗一下，然后放进毛蚶壳，用竹子做的刷子旋转着刷，几个回合后，用水冲干净即可。用过的毛蚶壳洗净放好下次再用。考究一点的家庭，会把马桶放在木盆里，用抹布里外擦洗干净、晾干，然后拿进家中。一般人家会把马桶放在家中隐蔽处，用一块布帘遮挡。由于地方小，我家用的是一个类似床头柜的木箱放马桶，既显得雅观，又可当凳子用。

◎ 毛蚶壳、竹刷子—— 我也倒过马桶

给水站和泔脚缸

在上世纪60年代以前，自来水还没有接到陈家巷新民邨居民家中，整个陈家巷新民邨仅有两处给水站，居民们习惯上把给水站叫作“自来水龙头”，一处在1641弄大弄口的同学杨德新家门口；另一处在同学沈建国家边上。居民用水要到给水站去接水，接水要用筹子，一毛钱可换10根筹子，1根筹子可换1铅桶水。给水站放着两只大缸，一只放着清水，每家人都会在缸里淘头潽米，淘米水沉淀后可喂猪。另一只是泔脚缸，各家的剩菜剩饭倒在缸里，专门有人收了去喂猪。自来水站的周边经常围着居民在淘米、洗菜、洗衣，水龙头前则常排着长队，居民们用米桶、铅桶接满水后或拎或抬或挑，将水运回各自家中。对水的利用各家有各家的“高招”，我家是先淘米，然后洗菜，再用于搓洗抹布，最后用于冲痰盂，做到“水尽其用”。

“文革”中我家门口也建了一个给水站，“给水站”三个字是邻居陶邦贵趁水泥柱子未干时用一个铁钉在上面刻写的。记得当时自来水的收费方式是按每家每户分摊，不用水筹也不用人看管，而是自觉用水。到了冬天要用稻草把水管包起来，防止冻住。一旦冻住，要用热水浇龙头，让冰化开。到了夏天，男孩们会穿着短裤在水龙头下淋浴。

◎ 给水站和泔脚缸

老虎灶——热水供应站

陈家巷有两家老虎灶，一家在华山路上，一家在1641弄新民邨的出口处。1641弄98号那家原是同学沈建国的家，1955年他母亲因为工作和家务繁忙而分不开身，她奶奶就卖给了从江苏来的一对钱姓老夫妻。老虎灶是给居民提供热水和开水的店铺，一般有两三口大锅，用稻壳烧火，日日夜夜不停地烧着水，因灶台形似老虎而得名，曾遍布上海的市井闾巷，在那个年代，是居民不可或缺的热水供应站。老虎灶一般清早就开门，晚上很晚才打烊。记得当时一热水瓶开水是一分钱，一铜吊开水是两分钱，如果是热水，一铜吊是一分钱。对陈家巷的居民来说，上三班制的人很多，回到家里来不及烧水，有了老虎灶，可以随时提着热水瓶或铜吊去打水，无论家里需要开水还是热水，都极为方便，尤其是我的家庭，平时不太生炉子做饭，多数时间用煤油炉，因为人少。所用热水必须去老虎灶打。还有一些聪明的人会去老虎灶"揩油"——把牛奶等食品放在灶口上，借助热量加温。虽然现在家家户户只要在家中一拧开水龙头，热水就汩汩地流出来，但那个年代的人们，能够到老虎灶打到热水，就已经很满足了。

◎ 老虎灶——热水供应站

小菜场里的风景线
——破砖烂筐排长队

“小菜场”的这个“小”字，是上海方言的一种表述，与菜场的大小无关。上海话中许多带“小”字头的语言，其实都有海派文化的特点，比如“小菜”两个字也是如此，不管你买的什么菜，哪怕鸡鸭鱼肉，统统叫作小菜。当年的小菜场一般都离居民区不远。陈家巷附近曾先后有过几个小菜场，在兴国路武康路口有过，在泰安路也有过，但时间都不长，就连陈家巷大弄堂里也曾有过小菜场，在给水站旁边。在物资短缺的年代，除了很多商品要凭票供应外，排队也是当年的一个常态，在小菜场尤甚。小菜场往往是开市最早的地方，每天凌晨天还没亮，便已经灯火通明、人声鼎沸。在有些卖紧俏商品的摊位前，隔天晚上就会有人去排队——将那些小板凳、破箩筐甚至砖块，放在队伍中占据一个位子，作为一种实物标记，这也成了小菜场特有的风景线。我家邻居有几位在菜场工作，如孙国民的父母、隔壁邻居陈宝华，他们会把菜场供货的“情报”通报给相好的邻居，使邻居排队买菜有的放矢。在计划经济时代，买鱼凭票、买肉凭票、买鸡蛋凭票，但买冰蛋不需要票。票还分大户小户，我家因为我和养母两个人定为小户。我养母把凭票买来的肉腌成咸肉存着，等养父过年回来时吃。有趣的是，这些票证可以到农民手里换鸡蛋，到小贩手里换日常塑料用品。每到春节期间，因为养父要回上海休假，我每天天不亮就要去菜场排队买菜，经常被冻得骨头疼，现在有时骨头疼起来就会想起当年的一幕幕。

◎ 小菜场里的风景线——破砖烂筐排长队

煤球店——一黑一白之黑

当年，新民邨与上海大部分居民家庭一样，还没有用上煤气，需要生炉子、烧煤球，或者是烧煤油炉。我养父春节回沪探亲，我养母基本上用煤油炉做早点，豆油炖鸡蛋。我家用的煤油炉是 2 根宽带状的帆布灯芯，后来改进的煤油炉有 7 根芯和 9 根芯两种，我们称之为“洋风炉”，火不能开大，开大就会冒黑烟，把锅底烧得比煤球还黑。在上世纪 70 年代，还风行自己做煤油炉，邻居徐宝泉（老娘舅）就是做煤油炉的高手。当时煤球和煤油都需要凭卡供应。我至今还保存着一本“上海市居民煤球购买证”。华山路上的煤球店像个大仓库，里面堆满煤球、蜂窝煤和柴爿。为方便搬运，店里还有小推车出租，但需用煤球卡做抵押。我的养母每月工资一到手，必定要带着我把“一黑一白”两样东西买到手，黑就是煤球。后来煤球炉改进成煤饼炉，煤饼不比煤球，容易碎，碎了要拿到煤球店去换，或者用家里备用的煤饼模子把煤屑制作成煤饼，晒干了再用，非常麻烦，所以我非常小心。也有邻居会把碎了的煤屑收集起来，加点水做成煤球再用。直到我在检察院工作时搞到一个煤气罐，才告别使用煤球炉的日子，那是 1985 年，在当时的新民邨属于较早使用煤气的人。

◎ 煤球店—— 一黑一白之黑

米店——一黑一白之白

上海人称粮油商店为米店。我养母每月发了工钱后，必定带我去买的“一黑一白”两样东西中，白的就是大米。她总是用最朴实的语言教导我说：“手中有粮，脚踏实地心不慌。”在 1993 年之前，上海的粮油都是凭票定量供应的。陈家巷居民的粮油，主要由靠兴国路淮海路口的一家长宁区粮油商店负责供应。当时供应的大米主要是籼米和少量的粳米以及切面。记得粮店里出米的口子像个开口的木盒子，我们用米袋套在木头口子上接米，结束之后在木头口子上要敲几下，可以震下几粒米掉到米袋里。我的同桌祁建人和钱幸等同学的家就在粮店隔壁。邻居陈显良，绰号“龙巴子”，部队复员后就分在该店工作。顺便说一句，当时粮食分区供应，武康大楼对面有一家徐汇粮油店，陈家巷居民不可以去买米，因为陈家巷的“购粮证”是属于长宁区的。

不知从什么时候开始，居民家中粮票有多余，开始换成鸡蛋和日常用品。我的养父在外地工作，他把省下的地方粮票换成全国粮票，一是方便全国使用，二是可以送人做人情。至今我还保存着当年养父留下的许多全国粮票，这些烙下时代印迹的粮票，慢慢地进入历史博物馆了。

米店的隔壁是酱油店和银行，还有布店。当时买布都要用布票，改革开放之后，布票也进入历史的博物馆了。颇为有趣的是当时布店里的收银方式，是用一根铅丝在一人多高的空中连接收银台和营业员柜台，铅丝上吊着一个

◎ 米店—— 一黑一白之白

小布袋（也有些店家是个小木盒），营业员把货款和布票装在小布袋里，用力滑向收银台，这种收款方式在¬当年的商场里也是一道风景线。旁边还有一家银行，我小时候从未进去过，所以印象不深。

人人皆知“烟纸店”

陈家巷有两家杂货店，一家在大弄堂口南面，是同学王国平的亲戚王玲伟家开的，在44路48路站台边上。另一家在1641弄大弄堂中间。弄堂中间的这家叫“张记杂货铺”，上海人称“烟纸店”，在居民中口碑很好，人人皆知；又因为杂货铺老板的脖子有点歪，居民们私下里称之为“斜头店”。“斜头店”虽说店面不大，却是居民们日常所需的主要供应商，包括自来火、草纸、铅笔、橡皮、蜡烛及针头线脑等，盐津枣、陈皮条、咸橄榄、拷扁橄榄、话梅等零食，还有便宜的飞马牌、生产牌、大前门香烟，香烟还可以一支一支零卖，真是应有尽有。小伙伴们一旦口袋里有了几分零钱，都会急急忙忙跑去“做贡献”。

“斜头店”老板娘个头长得比老板高，生有一女为教师，培养了一个儿子叫陈立峰，是华山医院名医，后去了美国。老板一家六口在店铺里生活，一到晚上会在门板上留个小窗口继续为民服务。“斜头店”隔壁是酱油店，供应油盐酱醋，还有老酒可零拷。我印象最深的是每逢过年帮养父去拷老酒，一般是五加皮，还有果子酒，每次去拷酒时总期望老板能将舀酒的竹斗滴尽，打了果子酒我也会在瓶口上偷偷舔一口。

◎ 人人皆知“烟纸店”

独享一份大饼油条

我的养父在外地工作，养母在纺织厂上班要三班倒，我的吃饭问题由养母在天平食堂买月饭票解决。一般吃午饭时带回晚餐，或吃晚饭时带两个馒头当第二天早饭，但有时候，我也会在陈家巷 1641 弄口马路对面复旦中学边上的华山饮食店吃了早饭去上学，在华山饮食店吃早饭，在当时是属于家庭条件比较好的，我就是幸运的一个。我最爱吃的是咸豆浆。上海的咸豆浆非常好吃，加上榨菜丁、油条丁、虾皮、紫菜、酱油，如果再淋上几滴辣油，更是开胃。我是每次都独享一份大饼油条的。而子女多的人家，油条要切成碎丁蘸着酱油分食。该店的菜汤面特别好吃，水开后将预先煮得半熟的粗面条放进锅里，水滚后抓一把鸡毛菜放进锅里，再放些味精、酱油，最后淋几滴油。邻居大海小海（我同班同学叫贺临发）的母亲曾在饮食店工作。该店约二十平米，除了火炉，店铺里有两张桌子几张凳子，价目牌上是全上海统一的定价：油条四分，咸大饼三分，甜大饼五分，淡浆三分，咸豆浆四分，菜汤面一角，阳春面八分，米饭饼三分，老虎脚爪四分。

◎独享一份大饼油条

橘子皮换钱的买卖

当年陈家巷弄口华山路上有一家颇有名气的中药店，叫“生生堂中药铺”。店里有一位老中医非常有名，发明了一种专治皮肤病的药，许多病人慕名而来，每天凌晨 1 点就有人排队，每天限额五十人。该店被合并后，华山医院多次邀请老中医加入，都被他拒绝，理由是药方为秘密。但在当时，充满药香的店堂和坐堂问诊的老中医对我们这些小伙伴来说并没有吸引力，而有诱惑力的是中药铺收购各种中药材原料的生意，如晒干的鸡肫皮、乌贼骨、橘子皮、甲鱼壳等。当年我和小伙伴们经常拿着收集起来的鸡肫皮、橘子皮、甲鱼壳去生生堂换钱，买店里的甘草粉当零食吃，或用换来的钱到烟纸店买零食吃。我的发小王荆龙至今还记得和同学小力一起把橘子皮换得的几分钱用来买盐津条吃，吃得津津有味。

◎ 橘子皮换钱的买卖

修修补补一辈子

陈家巷弄堂口华山路上的铅皮匠店，是那个年代我们的长辈们俭朴生活的见证。铅皮匠店专门制作和修理白铁皮的铅桶、水盆、水壶等，也有铜吊、汤婆子等铜制品出售。但是，只要家中的铜制品、白铁制品有了裂缝、漏了水，我们的长辈们一定会拿到铅皮匠店修理，焊漏补缝，很多物品就像俗话说的"新三年，旧三年，缝缝补补又三年"，修修补补，就是舍不得扔掉，乃至用了一辈子。可惜现在，这个行业已经销声匿迹了。我想到另一个消失的行业是小时候经常在弄堂里看到的补碗匠，又称"锔碗"，他们走街串巷叫喊，用金刚钻在破碗上钻两个孔，再用不同金属做的钯锔（俗称"蚂蟥攀"）嵌入两个小孔，用小锤子轻轻敲击，使碗的破裂处严丝合缝，补一只碗往往要用好几个锔钉。这门手艺活儿很讲究、很精巧，所以民间才有"没有金刚钻，别揽瓷器活儿"的说法。另外，在淮海别墅大门口有毛惠敏家开的洗染店，主要经营织补、洗烫衣服、雨衣上胶、染衣等项目。让我佩服的是毛惠敏母亲的技术，无论衣服上有大洞小洞，一经她的手修补，看不出任何破损的痕迹，可谓"天衣无缝"。毛惠敏的父亲烫衣技术高超，他用手指蘸着口水，轻触熨斗，就能判断熨斗的温度。可是，随着人们生活水平的提高，那些修修补补的需求越来越少了，这些手艺也几乎失传了吧。

◎ 修修补补一辈子

咸菜作——闻闻臭，吃吃香

陈家巷大弄堂“斜头店”边上有一条小弄堂，里面有个咸菜作坊，专门腌制雪里蕻咸菜。据说早先有绍兴人逃难至此，自做几缸咸菜，除了自己吃，多余的也卖给邻居，后来逐渐形成了小作坊。我有好几位同学住在作坊附近，如周建人（上海队）、何卫红。每当我们路过那里，看到大人们站在咸菜缸上，用脚踩咸菜，加上腌制时发出的味道很臭，我们都会叫：“臭死了！臭死了！”于是作坊里的大人们就呵斥道：“小赤佬，侬勿吃啊！闻闻臭，吃吃香！”改革开放后，住在咸菜作坊里的人家，发挥自己的特长开始孵豆芽，在菜场边上叫卖，开始走上致富的道路。顺便提一句，我的小学同学付永花家也是从绍兴逃难至新民邨的。她家开了个酱油坊，每当去她家，看见许多坛子在院子里摆放着，能闻到黄豆发霉味，一问才知，酱油是用发霉的黄豆、盐和开水制作成的。

◎ **咸菜作**——闻闻臭，吃吃香

翻旧如新弹棉花

在物资匮乏的年代，买棉花要凭票，为此，每到季节更替，我们的长辈们会把旧棉袄棉裤中的棉花和盖过的棉被中的棉胎拿出来，送到棉花铺加工翻新。工匠们身上挎着一张巨大的竹制弹弓，一手拿着棒槌，有节奏地敲打弹弓，弓弦震动，达到了让旧棉花的纤维蓬松的效果，然后用棉花线网住棉花胎，再用沉重的磨盘压成一条新的棉花胎，故而称之为“弹棉花”。我对门的邻居、同学唐龙宝的父亲就是一位专业弹棉花的工匠，手艺颇高，家里曾经开过棉花店。我们的前辈都养成了生活节俭的习性，一条被子睡了十年，睡到棉花硬了，叫弹棉花的弹一弹，又可睡十年，这是常有的事。记得我家当时还有一条丝绵被，在那个年代，丝绵被比棉花被价格贵不少，属于“贵重”物品了。

◎ 翻旧如新弹棉花

立煌钟表店

在那个年代，对于普通家庭来说，钟表属于贵重物品，因此，如果一般的物品坏了都要反复修理，那么，钟表有了问题，肯定是要修理的。同学李丽明家隔壁华山路1617号，有位李姓的人家开了一家“立煌钟表店”，主要服务对象是淮海别墅和泰安路卫乐园中的有钱人。除了专修各类钟表外，还兼卖进口手表，生意非常兴隆。后因公私合营，去了钟表厂工作。邻居徐建军也专门学习了修钟表的手艺，许多邻居手表坏了，都来找他修，号称新民邨的“独门手艺”。记得南斯拉夫电影《瓦尔特保卫萨拉热窝》中的一个情节，钟表店老板谢特，是个游击队员，在离开钟表店时，他对学徒说道：“这里就交给你了；好好地学一门手艺，到什么时候都是有用的。”没错，学好一门手艺，无论在哪个年代都是有用的。“荒年饿不死手艺人”，是当时陈家巷新民邨穷人的底层逻辑。

◎ 立煌钟表店

木匠师傅有绝活

华山路上有一家贾鸿义木匠店，在同学李丽明家隔壁，店里有几位手艺高强的木匠师傅，淮海西路原五洲制药厂的木结构老厂房就是他们造的。平时制作一些夜壶箱、马桶、木盆以及不同大小、长短、高矮的凳子，也会修理大一点的如八仙桌、五斗橱等家具。当年自来水还没有接到家中，家家户户盛水多用木桶、木盆（浴盆），时间一长，桶外的铁箍锈蚀了需要整修，木板开裂也需要调换，大家就会拿到木匠店修理，“箍桶”是一门手艺，只是随着生活条件的变化，这些旧物的使用越来越少，“箍桶”这个行业也渐渐消失。我还记得木匠师傅是用墨斗来画线的，墨斗里有墨汁和长长的线，拉出来用手一弹就弹出了一条墨线。我也想起弄堂里那些有专长的木匠师傅，无论谁家要盖房或修家具，他们都会带着家什乐乐呵呵出手帮忙，印象最深的有梁宝明的父亲梁国香，人称梁师傅，我家房子有了什么问题，前来维修的必定是他。还有徐建军的父亲徐宝泉师傅（第六建筑公司支部书记）、薛祖光的父亲薛顺昌师傅（祖传三代木匠手艺）、陆建峰的父亲陆凤球师傅，他们个个都有一手绝活，是当时能养活一大家子的手艺人。记得徐建军的父亲专门为儿子结婚打造了两套家具，并且请油漆工在上面漆出木纹来，技术一流，让我羡慕不已。后来我也学着做过一个书柜，获得了大家的赞叹。

◎ 木匠师傅有绝活

“顶上功夫”受欢迎

上海人称理发为“剃头”，陈家巷曾住有好几位剃头师傅。现居闵行的李绍恒，现年95岁，16岁来陈家巷就是做剃头师傅，直到“文革”前被汽轮机厂收编为正式职工。我家大伯王长宏，“文革”前就走街串巷为人理发，后公私合营被收到探矿机械厂工作。我家隔壁住着大名鼎鼎的紫罗兰美发店支部书记朱学宽，他也是位剃头师傅。紫罗兰属于高档的剃头店，有洗头、剪发、烫头、修面等全套服务。同学唐转英的父亲唐金华也在紫罗兰工作。新民邨通往淮海别墅的小门口也住着杨姓父子两个剃头师傅。新民邨还住着一位姓汤的麻皮脸的剃头师傅，长期在兴国路371弄摆摊，几十年风雨无阻，因价格便宜、技艺娴熟而深受居民喜欢。有一句形容剃头行业的对联非常形象：虽是毫末技艺，却是顶上功夫。当年的理发师傅都有修面刮胡子的传统手艺，一把刮脸刀在一条帆布带上磨得飞快，一条热毛巾把你的脸焐热，一个小毛刷在圆的肥皂盒子里搅动出泡沫涂在你脸上，然后把脸上的胡子和眉间多余的毛发刮得干干净净、舒舒服服，可惜现在保留这门传统手艺的地方也不多了。那时，磨刀的帆布条又称“刮刀布”，长期使用卫生状况也不敢恭维，所以过去老人形容一个人的衣服脏，会说“像刮刀布一样的”，现在用的是一次性刀片，那条脏兮兮的“刮刀布”也就寿终正寝了。

◎ “顶上功夫”受欢迎

阿有坏咯棕绷修伐

陈家巷新民邨家庭条件相对好的人家会拥有一张棕绷床，其他大多家庭使用木板床。我家有张棕绷床。棕绷床有弹性，透气，睡起来比木板床舒服得多，但也有缺点，我小时候印象中养母每周会把棕绷床搬到屋外空地上，用开水对着棕绷床浇，说是烫臭虫，原因是棕绷床容易成为臭虫的滋生地。另一方面，棕绷床睡久后棕绳容易松动，需要绷紧，由此产生了一种行业专业人士——他们携带一把斧头、若干竹签和简单的行装，走街串巷吆喝，"阿有啥坏额棕绷修伐，阿有啥坏额藤绷修伐"。随着时代进步，修棕绷这个行业也逐渐消失，现在如要找一个专业修棕绷床的人，是一桩难事。

说到棕绷，又想到夏季铺在床上的席子。记得那时候一般人家用的是草席，我家用的是一张比较高级的篾席和篾席做的枕头。篾席远比草席凉爽、顺滑，人在席上睡的年数久了，席子上会染上一层发红的如同"包浆"的光泽，而且越睡越凉快。但篾席的缺点是容易折断，因此篾席若铺在软的床上，小孩子就不能在上面站立或蹦跳，一旦损坏就会叫篾席匠来修理。篾席匠还会修蒸笼，修竹椅、篾席枕和藤椅。如今到了夏季，家家户户都用上空调，使用席子的人已越来越少了，下一代对传统的席子也没什么感觉了，或许不久以后，传统的席子也要退出市场了。

◎ 阿有坏咯棕绷修伐

“磨剪子，戗菜刀”

“磨剪子，戗菜刀”——这个吆喝声，在我儿时的耳边经常回荡。磨刀在当年就是一种职业，磨刀人经常肩扛一个板凳，在板凳上有个固定的架子，放着磨刀石。他们走街串巷一路吆喝，居民们听到吆喝时，若家里需要磨菜刀或剪刀的，会即刻叫住磨刀人，当场就在家门口进行操作。磨刀也是一门手艺，先用钨钢头的铲刀，把生锈的刀面铲干净，然后用粗的砂轮进行粗磨，再用一块青砖加水进行细磨。据说磨刀人大多数来自山东。现在在高楼林立的中心城区已很少见到走街串巷的磨刀人了，网上倒有售卖自己动手磨刀的工具，难道这个行业也基本消失了吗？

◎ “磨剪子，戗菜刀”

栀子花 白兰花

“栀子花——白兰花——”每当听到这叫卖声，我不禁想起养母生前常会在武康大楼前的地摊上买上好几串白兰花，一串自带，其他送人。每当她送给梁宝明奶奶时，还会帮她绞脸。绞脸操作简单，养母用一根细线，一端用牙齿咬住，另一端绕在手指上，形成“8”字形，用手将线一开一合，利用线的夹力，将脸上的汗毛“绞”干净。可惜这种传统的美容方法已很少有人在用了。再顺便一提，梁奶奶是小脚老太，一辈子深受裹脚（缠足）之苦，走路左右摇摆，模样很怪。好在新中国成立之后，裹脚的恶习彻底消除了。白兰花插在用细铁丝做成的弯钩上，养母天热时穿中式对襟衣服，那铁丝串成的白兰花有一个小圆圈正好扣在中式的扣子上，一是显得好看，二是闻着香气馨人。时过境迁，现在走街串巷叫卖栀子花和白兰花的人儿乎没有了，只是偶尔在地铁站和一些主要马路上，尤其在南京路和淮海路上，还会看到老人摆着篮子卖花的情景。

◎ 栀子花 白兰花

最受欢迎的爆米花

我们小时候，一听到弄堂里有人在吆喝——“爆——炒米花嘞！爆——炒米花嘞！”——就心花怒放，急着叫长辈们拿一碗米出来，只见爆炒米花的师傅把摊子在地上摆好，把米倒入爆筒，他会问一句：“要不要加糖精？”一般都会要加，这样爆出的爆米花就带有甜味。爆一筒炒米花一毛钱，加糖精一毛五分钱。也有用其他食材，如玉米粒（沪语称为珍珠米）和年糕片爆的，这两种东西比用米爆出来的更好吃，当然这都出自家庭条件稍好的人家。我曾要求养母弄点年糕片，往往被拒绝，因为年糕是稀缺食品，要买回后切成小片晒干后才能去爆。记得爆米花爆好以后，若家里来了客人，把爆米花放在碗里，加点白砂糖用开水一冲，作为点心招待客人。

时至今日，爆炒米花的师傅已多年不见了，但是，在淘宝网上，竟然还有炒米花卖，甚至还有卖爆炒米花的机器！随着改革开放，电影院里也有卖爆米花，上海人称之为“哈力克”，也是这个时代对膨化食品的喜爱和记忆。在美食铺天盖地的今天，炒米花已算不上美味，但我们这一代人却依然怀念它，是因为我们怀念的是和它息息相关的童年时光。

◎ 最受欢迎的爆米花

甜芦粟要吃细的

甜芦粟是我们小时候常吃的一种类似甘蔗的食物，吃法也像甘蔗。但是，与甘蔗不同的是，甜芦粟的皮是一种手工材料，可以做成灯笼，或者做成螳螂，做成鸟类，做成青蛙等等。若要用甜芦粟皮做手工，吃的时候用牙齿咬着剥皮就需要一定的技巧，而做手工时，还要防止甜芦粟的皮划破手。我家对面的邻居赵永达（毛巴）的父亲是启东人，每次去启东后带回大捆大捆的甜芦粟分送给邻居尝鲜，让我印象深刻。经验告诉我，甜芦粟要挑细的吃，因为越细越甜，为此我经常拿粗的跟小伙伴们换细的来吃。现在这个东西已经好几十年没见了，据说淘宝网上还有卖，还真是很想再尝尝的。

比甜芦粟更常见的是甘蔗，印象比较深的是上世纪 60 年代，我帮着邻居 100 号里的阿五头，推着板车装着甘蔗，从陈家巷新民邨推到龙华医院门口叫卖，我不停地削甘蔗皮，生意还不错。现在想想推一车甘蔗跑那么远的路，当时的劲道不知从何而来。再一想，阿五头的母亲，仅靠卖水果要养活十个子女，实属不易。

◎ 甜芦粟要吃细的

板箱厂的变迁

淮海别墅走到底，是兴国路 372 弄，有一个板箱厂，专门制造包装用的木箱。木箱厂里的木板堆得高高的，形成了一个仓库，周边的小朋友们都喜欢爬进去玩耍。我的邻居裁缝徐广财的儿子徐国强，经常带我翻墙进去，偷些板条回去，用于制作“刀枪”玩耍。后被我养母知道了，对我一顿训斥，说偷东西是坏习惯，要坐牢的，不能跟偷东西的人玩。那个年代，我是眼看着一个小小的破板箱厂在数年间发生的变化的，首先，将原有老弱病残的职工进行分类安置，经过合并，增加青年技术人员，变成了革命电容器厂。由于人员结构发生了变化，行业也改变了，变为电子二十二厂，职工收入大增。80 年代中期，厂里还给每个职工发了一台洗衣机，轰动一时，把整个弄堂给堵住了。由于该厂划归仪表局，后来又改为联谊无线电厂。改革开放初期将厂房改造成为“时光舞厅”，当时每到夜晚，大门口霓虹灯闪烁，音乐声不断，居民们叫苦不迭。我的邻居陆剑锋和王国庆，复旦中学毕业后就分配在该厂工作。1997 年，经过多次改头换面的板箱厂终于寿终正寝，卖给了一家房地产公司，成为该公司的办公场地。

◎ 板箱厂的变迁

淮海别墅里弄生产组

当年的陈家巷有许多家庭妇女，用现在的话叫作“全职太太”，她们大都没文化，也没工作。为了解决这部分家庭妇女的就业问题，使她们通过劳动获得一定的收入，1958 年大跃进时期，陈家巷居民委员会在淮海别墅 37 号底楼成立了一个里弄生产组，属于集体经济性质，承接外加工业务，有加工做纸盒、粘贴纸，还有加工儿童智力拼图积木，把正方形木块的六个面用砂纸打磨平， 将六种图案的小彩纸贴在六个面上，成品出口海外。里弄生产组的存在改善了这部分妇女的家庭经济状况。我的同学杨福泉、陈国芳、方培德、姚永康的母亲都在此工作。唯独陈国芳的母亲，是个有文化的人，“文革”中被下放到生产组劳动，但由于眼睛不好，不宜做贴纸盒的活，后被安排到电话间工作，负责传呼电话。另外必须提一笔的是，上世纪 70 年代末，上山下乡的知青大批返城，其中一部分由父母提前退休顶替到父母的单位，另一部分无处可去的，则由里弄生产组接纳，可以说，里弄生产组为解决当时返城知青的就业问题，功不可没。

◎ 淮海别墅里弄生产组

传呼电话间

传呼机是 1983 年出现的，手机是 1987 年出现的，在固定电话尚未普及家家户户之前，当年，居民与外界的联系，主要就靠居民区中的传呼电话。陈家巷有两处电话间，一处在华山路 1641 弄小菜场边，一处在淮海中路 1984 弄大门口，也就是淮海别墅门口。传呼电话间里有两部电话，一部专门往外打电话，一部专门接打进来的电话。电话打进来后，电话间的阿姨会立即赶去“传呼”受话人：“××号×××，你的电话——”受话人知晓后便匆匆来到电话亭打回电。因为打出去的电话只有一部，所以如果打电话的人多，就要排队。时过境迁，传呼电话间早已销声匿迹，但当年陈家巷传呼电话的号码——372747，却留在一代人的记忆中。由于我在检察院工作，早有传呼机（俗称 BB 机，上世纪 40 年代由美国贝尔实验室发明，改革开放的 80 年代传入我国），至今记得号码是 58414-1915，但凡来电话必去淮海别墅 1 号回电，电话间阿姨是同学陈国芳的母亲，一来一去和陈国芳的母亲很熟了，后来凡是我的电话她都优先安排回电。小菜场边上一个电话间，负责叫电话的是同学顾国强的母亲杨秋兰。

◎ 传呼电话间

新民邨的一扇小门
——两棵大树

新民邨有一扇小门通往淮海别墅，有一位专门负责开关门的人，叫丁阿富，他有一把钥匙，因为他要负责打扫淮海别墅弄堂的卫生。他也是徐建军的姑父，是当年在新民邨插桩围地的“先驱者”。小门口边上住着杨姓父子，二人都是剃头师傅，平常可看到剃头师傅给顾客剃头的身影，后儿子去了上钢十厂工作。右边37号是里弄生产组的场地。“文革”中小门被拆除，可以直通兴国路和淮海中路。小门口有两棵大树，大树底下是夏天邻里们纳凉聊天的好地方。有人打牌，有人讲故事，邻居徐长根常在那里吹笛子，虞力、陆建峰在边上翻跟头，我经常和他们一起玩“竖蜻蜓”（倒立），比谁坚持的时间长。不过，当年的两棵大树现在只剩一棵了。那时候，我经常会端着饭碗来逛逛，看看有没有小伙伴在，大家可以边吃饭边聊天。记得我少年时，有一位比我年长一点的邻居，在纳凉时讲述当年风靡的恐怖故事《一只绣花鞋》。我是他讲故事时的“座上宾”，我不到场他不开讲，这是因为他有目的，他知道我有一双白色的回力牌高帮球鞋，因为价格不菲，我自己也舍不得穿，他为了让我借给他，给予我“座上宾”的特殊待遇。结果借给他后等还回来时，球鞋已磨损了很多，此事被养母知道后一顿责骂，并教育我说：宁借千里帽，不借一里鞋。

◎ 新民邨的一扇小门—— 两棵大树

淮海别墅——儿时的游乐场

淮海别墅，因其有宽阔的弄堂，是棚户区的小伙伴们童年时代最重要的玩耍场所。在那里，男孩子们刮香烟牌子、顶石卵子、打菱角、滚铁圈、扯响铃，女孩子们跳橡皮筋、踢毽子、造房子、跳绳，成年人则围成一堆打牌、下棋。

我上小学时的陈丽珍老师住在淮海别墅 2 号，她的儿子叫叶晓初，是我同学。印象最深的是因养母上班三班倒，我暑假大部分时间就在陈老师家。她家有辆儿童三轮车，我当车夫，骑着叶晓初或在房间里转转，或到外面兜兜，玩得非常开心。在淮海别墅 5 号门口，有一片地势较高的小花园，有一次我在抓麻雀时，不慎从高处摔下，手臂还摔骨折了。

淮海别墅中住着好些同学和邻居。如庄黎曼、李筱明、杜爱珍、戴宝娣、张申风、顾多嘉、张爱娣、诸小平、周国强、迟晶、程忆、饶凝、黄瑞堂、张建勋、戈永怀、薛霖、王宏培、毛惠敏等。

淮海别墅位于淮海中路 1984 弄，建于 1937 年，新中国成立前叫霞飞别墅，这是一个浓缩的老上海社区，既有花园洋房又有新式里弄，尤其是 11 号和 37 号四层建筑，现在是历史保护建筑，大厅里有两幅彩色水磨石壁画，题材大胆，用色和构图都属上乘。楼内铺有地板和大理石，并刻有西洋地画，据说这个公寓式建筑的设计者为奚福泉，他是曾获德国工学博士的海归建筑

◎ 淮海别墅——儿时的游乐场

师，回国后自组了建筑事务设计所。其他连体别墅每个单元还有一个小花园，别具优雅浪漫的格调，也是名人聚集的地方。上世纪六七十年代，电影演员冯喆、白穆、向梅、廖有梁、顾而已、王霄及评弹演员石文磊等都先后在这里居住。《霓虹灯下的哨兵》中童阿男的扮演者廖有梁和我的同学王荆龙是好朋友。

抄家物品的去处

但在“文革”中，淮海别墅几乎每家每户都惨遭造反派的抄家，垃圾桶里到处都塞满了所谓“破四旧”后丢弃的物品，如骨牌、麻将牌、象牙雕刻、字画、书籍等等。当年我亲眼目睹烧掉了许多字画，还有许多抄家后的物品无处堆放，便把新民邨中靠近淮海别墅的“红五类”居民家作为抄家物品的“仓库”。淮海别墅 37 号二楼王椿庭（王秃头）家被抄后，抄出的许多锡锭被堆放在我家，一块块大小如同小枕头，送到废品回收站一称，发现重量很轻，比重有问题，敲开后发现里面都是金银珠宝首饰。后来王椿庭被扫地出门，搬到复旦中学对面陈家巷 1609 号二楼，每天还要打扫周边的卫生，并经常要在斗私批修会上做思想改造汇报。但他不管是住别墅还是住平房，都与人为善，与周边邻居和睦共处。此外，我邻居张国流家则堆放了许多抄家抄来的尖头皮鞋，当年我们这些“红五类”子女还年少，竟用小脚穿着大皮鞋去学校上课。还有许多抄来的沙发、桌椅等家具和服装都堆进了居委会仓库里，堆也堆不下。印象深的是，37 号地下室有一个体工队造反派的头头，把抄来的手表从手腕戴到手臂，两只手臂上起码戴了十几只，把我看得目瞪口呆，因为当年在陈家巷能看到一个人戴一只手表已属不易，何况一下子看到戴那么多。

◎ 抄家物品的去处

盛夏纳凉占地盘

盛夏季节，每到傍晚，占地纳凉是很多陈家巷人要做的事。因为淮海别墅弄堂宽敞，当然成为陈家巷人抢占的纳凉要地。占领地盘后，先是用脸盆装满水往水泥地上迅速泼去，使地面温度降下来，然后把门板或躺椅歪歪扭扭、参差不齐地摆满弄堂，既影响行人和自行车的正常通行，又因纳凉人大都赤膊穿短裤，很不雅观，甚至吵吵嚷嚷直到 12 点以后，故而会遭到别墅里的人阵阵白眼和嘟嘟囔囔的埋怨。但是在“文化大革命”中，住在别墅里的人家都被抄过家，属于被改造的对象，因而抬不起头来。而住在棚户区的居民大多是工人家庭，属于“领导阶级”，因此可以三五成群聚在一起休闲享乐。陈家巷的棋牌高手们也是纳凉时的活跃分子，下棋、打牌、讲故事，成为他们各自炫耀的最好时间。

这里说一件趣事。什么叫梦游，我是在纳凉的时候亲眼目睹的。有天晚上和同学张鸿翔的弟弟一起纳凉，在给水站边搭的木板上睡觉，凌晨，他突然站起来高喊“捉牢伊”，我问他捉什么，他竟然不理我，然后又自顾自回到木板上睡着了。第二天我问他怎么回事，他根本不知道，哈哈！

直到七八十年代有了黑白电视机，纳凉的人群纷纷被电视节目吸引，喧闹的弄堂才渐渐平静。

◎ 盛夏纳凉占地盘

登云公寓——去老师家补课

登云公寓，位于淮海中路2068号，在淮海中路近华山路路口。因其楼高七层，故陈家巷的居民俗称其为“七层楼”。我的中学数学代课老师李嘉珊即住在登云公寓边上一幢别墅内。我和同学王荆龙、杨福泉常结伴去李老师家补课。记得李老师最不欢迎我的同班魏同学，因为他经常打李老师的儿子，因此李老师常常警告魏同学，她的口头禅是：“孩子他爸不是吃素的！”我班同学徐芝兰也住在登云公寓的底楼。

登云公寓由法国建筑师设计，建于1929年，是一座仿法国城堡式建筑，褐紫色的耐火砖墙面，白色的檐饰，墨绿色的窗框和阳台围栏，显得美观典雅。楼前还有一个花园和一片树林，“文革”中我在玩耍时竟撞见在林中上吊自杀的人，吓得大病一场。这片树林因华山路拓宽已经消失。登云公寓初建时叫休斯登公寓，是当时淮海路上的第一高楼，也是陈家巷地块的标志性建筑，住户多为外侨和商贾，著名京剧演员童芷苓以及文化名人熊十力也曾在此居住。

◎ 登云公寓——去老师家补课

武康大楼

建于1924年的武康大楼，是匈牙利设计师邬达克设计的，外形酷似航船，这是上海第一座外廊式公寓，叫诺曼底公寓，1953年市政府把它改名为武康大楼。武康大楼一共只有八层，我至今不知道为什么我们小时候一直跟着长辈们叫它"九层楼"。

武康大楼是现今的网红打卡地，但它却承载了我童年、少年、青年的回忆。我小时候常在大楼下看大人打牌、乘凉，有一次被楼上跳楼自杀的人惊到发烧。当时有一人从楼上跳下自杀，在空中的电线上弹了几下，掉落在打牌的桌上，吓得大家一哄而逃。直到现在我每次经过这里就会想起这段往事。

大楼下的紫罗兰理发店是我少年和青年时期理发的地方。边上的小人书摊是我童年常常光顾的地方，因为离我每天去吃饭的天平路食堂很近，饭后就会去逛逛。

在检察院工作期间，武康大楼汽车间住着一位闵行区检察院的同事，当年曾邀我拍摄电视片《大墙内外》，我是主摄人员，他是编剧。那段时间，我经常到他家商谈工作，他的家因为是汽车间改造的，很小很暗很潮湿，住的人多，所以有点杂乱，和大楼形成鲜明对比。

2018年武康大楼上空错落穿插的电缆电线被悉数"剪掉"，成了光头，我看着反倒觉得怪怪的，改变了熟悉模样的同时也就失去了当年的亲切感了。

◎ 武康大楼

大楼下的店家

在物质匮乏的年代，武康大楼下的几家商店却令人难忘。一个是“天天兴食品店”，专卖糖果、糕点、冷饮，橱柜里的乐口福和铁罐饼干，一般是买了给病人吃的。另一个是“荣丰南货店”，专营土特产、肉制品，兼卖熟食， 当年没有塑料袋，是用一张油光纸将食品包扎好给顾客的。旁边还有一个“大中华洗染店”，我从未进去过，据说做的大多是大楼居民的生意。紧挨着的是一家“亚东药房”，我养母曾经为我去买宝塔糖，是打蛔虫的药。接下去的是“庆丰百货店”，有卖搪瓷痰盂、搪瓷脸盆、热水瓶、毛巾、肥皂等杂货。再过去便是有名的紫罗兰理发店。对我来说，印象最深的是武康大楼大厅中的两部老式电梯，它的电梯门是栅栏式的，颇为有趣，它的指示牌如同一个半圆形的老式挂钟，随着电梯的上升，指针也会从一楼指向八楼。我始终感到好奇，但从未乘过这个电梯。据发小王荆龙回忆，他曾跟随廖有梁乘电梯上楼去拜访一位老友。

武康大楼对面是宋庆龄上海寓所。寓所的右面是“大兴南货店”。隔壁是“大公无线电商店”，旁边是“徐汇区粮油店”。转角处的供销合作社是卖水果和冷饮的店。记得棒冰是四分钱一根，断棒的是三分，雪糕八分一根，简装冰砖一角九分，中冰砖四角四分，最贵的是大冰砖，七角六分一块，但很少有人买。店里还有冷饮批发，小贩们用破旧的棉袄或者小棉被把批发来的棒

◎ 大楼下的店家

冰包起来，放进一个木箱里，然后放到自行车的后座架上，用一块长方形的木板敲击木箱发出阵阵响声，一边推着自行车一边吆喝。水果店打烊之前会把烂梨、烂苹果等腐烂的部分削掉，用很低的价格售卖，一些知情的居民会排队等候。

邮局之缘

淮海中路和天平路之间的转角上有一家邮局，我打记事起就感觉和我一直有缘。我从上小学开始就在天平路食堂用餐，每天必定经过邮局数次，但我每次经过淮海中路 1950 弄时，一定会先走进邮局躲一躲，看一看对面 1950 弄口有没有小流氓在，因为我曾几次被他们抢走了第二天吃的馒头。有老人教我，说是剃掉眉毛那些小流氓就认不出我了，后来我试了，小流氓只是看看我，确实没有认出来。

我的养母是文盲，常常要叫邮局里一位代笔先生给在外地的养父写信，代笔要付钱的，我心里就暗暗不服气，寄信才 8 分，代笔却要 1 毛。后来知道代笔先生是以此维生。于是我小时候也曾立志长大做代笔先生，可惜这个行当后来竟悄然消失了。不过，我读书识字后，真的从十岁起就开始做“代笔先生”，为母亲及弄堂里的老人写信了，一个小方凳就是我的“写字台”，这大概就是我和邮局的缘分吧。

陕西铜川中国九冶二公司203信箱
王长安
同志收
上海市华山
1641弄22号
王缄
人民邮政
信箱
代理写信
人民邮政
人民邮政

小花园

华山儿童公园，位于陈家巷西北角的华山路东侧。该处原本是一块堆积垃圾的荒地，新中国成立后辟为公园并于 1951 年 5 月 1 日正式开放。我上托儿所时，小伙伴们经常在此捉迷藏、玩游戏。当年的游乐场所太少了，因此，儿童公园的滑梯、跷跷板、秋千等虽然已破旧不堪，但对我们来说还是宝贝。1962 年，陈家巷居委会利用园内管理用房设立了一个小型图书馆，供中小学生阅读，由 1641 弄 5 号居民屠佩珍在做图书管理员，也是同学李丽明后来的婆婆。还有一个茅草顶的亭子，是小伙伴们讲故事的好地方。1983 年，时任全国人大常委会副委员长的周谷城先生为“华山儿童公园”题写了园牌。虽然现在附近有了更为美丽开阔的华山绿地，但此处依然是陈家巷及附近居民和儿童休憩、游乐的去处。

◎ 小公园

电影内景棚

从淮海中路2006弄两幢欧式洋房中间进入，弹硌路在夹缝中穿过，映入眼前的两幢旧楼，便是新中国成立前的“月明影业公司”，这是姚姓私人影业公司的高大的摄影棚。右边的摄影棚周边便是影业公司职工宿舍和工坊间。我同学刘孝逵就住在职工宿内，其父亲为上影厂的老职工。左边的摄影棚，过去还经常放电影，在摄影棚转角处有一口水井。左摄影棚与洋房间有条较宽的路，拐进去便是个民办小学。新中国成立后影业公司公私合营改为电影器材厂，“文革”时一些地方加大了8.75毫米的电影放映机的生产力度和应用范围，解决农村放映问题，深受广大农民欢迎。

◎ 电影内景棚

48路、44路公交站

华山路1641弄大弄口有两部公交车的车站，一部48路，一部44路。在淮海别墅大门对面还有个26路公交站，从徐家汇到外滩海关。原先这里是6路有轨电车，拆除后改为26路电车。48路当时由中山西路虹桥路开往北京东路外滩方向，44路当时由龙华西路开往曹家渡方向。48路是我经常去静安寺、常德路、上服二十一厂看望黄国祥舅舅必乘的公交车。当年乘公交车可当场买票，也可买月票，但公交车辆非常拥挤，尤其上下班时间，挤上车的人前胸贴后背，无法动弹，还时常发生皮夹子被偷的现象。上海市公共交通公司成立于1950年，在当年是属于还不错的国营单位，我班同学钱慧莉是中学毕业分配进公交公司的，张鸿翔是调进去的，吴宝林、陈伟国则是部队退伍后分配到公交公司上班的。邻居俞金荣和他的父亲以及陶巧玲的父亲也都在公交公司上班。1995年12月，公交公司体制、票制、机制进行了改革，1996年元旦，上海沿用了87年的公交月票被取消。目前，站台上的屏幕信息更方便乘客，尤其车载公交信息、语音播报站台等功能大大提升了市民乘客的满意度和舒适度。我家至今还保留着养父1960年的上海市电车公交汽车通用月票，卡号095710。

◎ 48 路、44 路公交站

徐家汇混堂

几十年前，去浴室洗澡是很难得的事，一般都在家里洗。到了冬天，买一个浴罩，像个大塑料袋，罩着浴盆，倒上热水，让热气保留在浴罩内，以此保温。或者，到朋友的大厂里的浴室去洗。上海人称公共浴室为“混堂”，称洗澡为“汏浴”。当年陈家巷附近的公共浴室只有广元路上的一家，后来又搬到华山路徐家汇，叫汇泉浴室。混堂一般都开在弄堂里，每逢周末生意就繁忙，到了过年期间，更是人丁兴旺。我小时候养父回家探亲时必定带我来混堂汏浴，人多时还要排队，进门后服务员会把你脱下的衣服用丫叉挂到高处。混堂设施简单，一个大池，几个莲蓬头。浴客先在大池里浸泡一会儿，再在莲蓬头下抹肥皂搓洗，不像现在用洗发露和沐浴露。肥皂分好几种，有香肥皂、药水肥皂以及洗衣皂等。大池后半部是烫水部，被木板间隔成一个个小方格，父亲坐在上面烫脚，特别舒服。混堂还提供搓背扦脚服务。我常常被热气熏得无法呼吸，其实是缺氧的表现。洗完澡可在躺椅上稍作休息，服务员用杂技般的手艺把热毛巾飞到你手上，然后把挂在高处的衣服叉下来给你。当然你也可以要壶茶喝，顺便歇息歇息。洗一次澡大约是一毛钱，小孩减半，这是大众价格。若想舒适一点，必须去二楼，价格翻倍。其实浴池是一样的，只是休息的环境好一些而已。

改革开放后混堂升级改造成为高档浴池。一些先富起来的人是混堂的常客，洗澡可以洗去疲惫，放松身心。我曾被同学杨德新和同学王晶的大舅子周维贤请去混堂洗澡，扦脚擦背，享受人生。

◎ 徐家汇混堂

远亲不如近邻

当年的邻里关系如同亲人，多以同乡相聚并按年龄顺序相称。我养母与来自苏北的五位邻居是亲密的小姐妹，陶巧玲的母亲岁数最大，我称为大姨娘，梁宝明的母亲是二姨娘，唐转英的母亲是三姨娘，李金星的母亲是四姨娘，我养母最小，人称小姨娘。她们相互之间走动频繁，只要哪家做了好吃的，就会送给大家分享。包馄饨是我母亲的拿手好戏，虽然当时大家都不富裕，馄饨馅里也菜多肉少，汤料里必定会放一点猪油，味道依然鲜美，下好馄饨我母亲必然会叫我送给各家品尝。此外，谁家若是有人过大生日（逢五逢十），就会端上一碗面加上一块大排骨，送给左邻右舍一起庆生，也是一种情感交流的契机。我印象最深的是端午节前后，大家会把各自包的粽子互相赠送。我的养母是包粽子的高手，每逢端午临近，她会买来许多粽叶，浸泡在大浴盆里，然后用开水焯一焯，剪去坏损的部分，使边缘整整齐齐，再晾干擦净。糯米也要提前浸泡一夜，泡至手指一捻即碎。包的粽子有白米粽、红枣粽和赤豆粽，鲜肉粽是绝对舍不得包的。最后用大锅煮熟，一直可以吃到夏天。我的四姨娘毛秀英，搬到闵行去后仍年年送来粽子，一直送到她八九十岁，牙齿都掉了，咬不住绳子没法包了，才彻底休息，这份真情，令人感动。

◎ 远亲不如近邻

端着饭碗去串门

当年陈家巷新民邨里有一个“景观”非常有趣，那就是小伙伴们喜欢端着饭碗在门外吃，甚至端着饭碗边吃边串门，当然都是串到相对要好的邻居家，一边吃饭，一边拉家常，我的养母就是这样的人，一只饭碗头可以串好几家门呢。我也是这样，常常会端着饭碗到新民邨小门口的大树底下逛逛，看看有没有“同道”，可以边吃边聊。喜欢端着饭碗走出家门的小伙伴们，或许有不同的原因，但有一个心思是共通的，那就是今天碗里的菜肴有好吃的肉，带有一点炫耀的味道。入夏以后的傍晚，很多人家会把小桌子、小板凳搬到家门口，边吃晚饭边乘凉。在食物匮乏的年代，饭桌上有一个荤菜，实属家庭条件还算好的。大多数人家以素菜为主。我养母烧的咸肉冬瓜汤，其实是把咸肉放在冬瓜汤里浸泡一下，让咸味和肉味渗入汤里，随后把咸肉捞出来下次再用。

◎ 端着饭碗去串门

大伏天　晒家底

陈家巷新民邨的危房陋屋，最怕的是刮风下雨后漏水渗水、潮湿难耐的日子，因此，一旦天空放晴，阳光灿烂，家家户户便忙个不停，主妇们一扫脸上的阴霾，喜笑颜开，洗衣晾被晒床褥，衣被挂满了小巷，成为一道风景线，尤其到了大伏天，则翻箱倒柜把家底都晒出来了。

我养母凡到休息日必定天不亮就起，占好地方拉好绳子，然后洗衣晒被。我家门口原来是邻居徐宝泉和丁阿福两上两下的草房，租给王殿根和黄旭临、张宝华家。由于年久失修加上怕在“文化大革命”中戴上地富反坏右帽子，徐宝泉主动放弃交了公，后该房屋倒塌，形成一个小广场，是晾衣被的好地方，所以天不亮大家就纷纷去抢占地方。我养母是个好心肠的人，每到周三隔壁薛家小妹休息，她会主动让出地方给薛家小妹晒衣服，说是你难得休息。薛家小妹也是个热心肠的人，找人做了根长绳子，往淮海别墅花园里一拉，几家人家晒被子衣服就可以共用了。

到了大伏天，每家人家就会彻彻底底把家中箱柜里的、床上的衣物、棉被等东西翻出来逐一晒个够，我则是被委派看着晒物的人。我边看护边用草纸包一个个樟脑丸，放到箱子里去。养母告诉我，晒衣服要反复翻动衣物，或用床罩罩着晒，避免一直晒一处而褪色。记得当年晒好棉花胎后，还要用绸缎被面和被里把被子缝起来，缝被子的针又粗又长。现在大多数人家都用被套了，简单而方便。

◎ 大伏天　晒家底

自己动手做砖头

我有过两次做砖头的经历。第一次是在“文革”中，为响应政府“备战备荒”的号召，我们每天从淮海别墅 11 号门前桃树林及“黄秃头”37 号的花园里挖来黄泥，分到每家每户，制砖的木头模子是木匠徐宝泉师傅和薛顺昌师傅做的。我们把黄泥压进模子，然后用力夯实，用带弓的铅丝刮平，取出晒干，交到居委会，集中送砖厂烧砖。

随着年岁的增长，小伙伴们都长成了小伙子，面临着结婚成家。由于长辈们早年建的房屋面积都非常窄小，小伙子们便开动脑筋，往空间发展，把平房改楼房，于是，在长辈们的指导下，自己动手做砖头了。先做铁模子（40 厘米×50 厘米，可以开合），再用电石污和煤渣拌起来制作煤丝砖，大头家、大勾子家、新华家、张国俊家、云华家都为此忙得不可开交，每天起早贪黑在淮海别墅的空地上敲砖头，我每次见到都会帮忙敲几下。铁锤很有分量，这是考验人意志的活。尤其值得一提的是，黄新华家与我家的房子有一个篱笆隔墙，当时两家都要造房，经两家大人商定，我家往东建造，让出一米多的地方给黄家，而黄家的山头承重墙给我家使用，互帮互助，一举两得，可想当年的邻里关系，有多融洽。至今我还保留着当时两家立下的字据，我和黄新华开玩笑说：当时若没有让你一公尺地方，你可能婚也结不成。

◎ 自己动手做砖头

千辛万苦造房记

从我记事开始，就一直为修建房屋操心。原来的草房每年都要添换新草，在我上小学时加盖了油毛毡，几乎每年都要请邻居梁师傅和同学王红妹的父亲王少华来家帮忙修固。我母亲忙前忙后烧饭招待，我则是买了香烟慰劳。我工作以后，有了独自建房的需求。当时，其他邻居的建材是靠人工敲煤渣做成砖头，而我则通过关系，独自一人到青浦，通过关系凭票购了九分红砖；从闵行西渡弄来水泥横梁，又从天原化工厂弄来一卡车电石污代替纸筋石灰；黄沙则是同学吴宝林的父亲在翻沙厂帮我留下来的，是翻砂烧过的，叫黑沙。我有空就去用黄鱼车从春光坊翻砂车间一车一车拖回陈家巷。

有一次我在大伏天坐长途客车去青浦砖厂买砖，不料糊里糊涂提前一站下了车，只能步行前去。但郊区长途客车的一站路相隔很长的距离，走得我头晕眼花中了暑，昏了过去，躺在路边。醒来后只能到河边喝水醒脑。在造房的材料准备好后，就要找泥水匠。我请了徐建军在青浦的哥哥帮忙，我们弄堂里的房子，许多是他建造的。我还用中学在上钢十厂学工时学到的技能付诸实践，泥水匠的活我还去考了个证书。一切准备就绪等我养父年底回来过年开始翻建。寒冬腊月、大雪纷飞，可想而知盖房不知吃了多少苦。幸好邻里团结，弄堂里的男劳力会主动来帮忙，拌水泥、搬砖头，同学王泽平帮我粉刷墙面，女的则帮着淘米、洗菜、做饭，我称为四姨娘的毛秀英会掌厨，负责调配、指挥，门口搭了两个很大的用帆布做的雨棚，放了几个大炉子和

◎ 千辛万苦造房记

大锅，一派热气腾腾的样子。每当想起当年建房的艰辛，我常常感叹：“一定要告诉下一代好好珍惜来之不易的好日子啊！”

一场家具革命

当年，购买家具需要凭结婚证，还要有家具票，但难觅的票证对陈家巷新民邨小伙子们找女朋友结婚构成了不小的困难。为此，陈家巷的小伙子们纷纷因陋就简对家里的旧家具进行改造。这是一场家具革命。除了确实为了结婚的，也有的是为了炫耀或攀比。家里父亲是木匠的，便不分昼夜为儿子打造结婚家具。邻居徐宝泉（老娘舅）为两个儿子徐长根、徐建军各做了一套家具，并请人油漆出和商店卖的一样的花纹来。张国流（大勾子）在工厂干的就是油漆工，油漆也是一流水平。梁宝明的父亲也为儿子打造了一套家具。论技艺我比较佩服邻居木匠薛顺昌和陆建峰父亲的精雕细琢、别出心裁。但是我对姑父贾兴高的木匠水平不敢苟同，他虽然在扬州乡下有几十年的木匠经验，80 年代到上海则不被人认可，只能做做小菜橱而已。我也曾偷偷地学做木匠的活儿，自己打造了一个书架和写字台，还有一个结婚时用的三人沙发，属于三脚猫功夫，不能与木匠师傅们比。

我在交大工作期间，曾和游泳队队员王晓光一起利用空余时间在我家制作八仙桌。我们用刨花夹板做台面，增加厚度，桌脚是自己加工后油漆，做成后晚上骑着黄鱼车到静安寺一带进行兜售，过了一把做木匠赚钱的瘾。

紅都影劇院
新产品
80元
1张

日思夜盼是过年

当年的生活条件虽然艰苦，但人们对于过年却尤为期待和重视，平日里节衣缩食，舍不得吃，舍不得穿，到了过年必须犒劳犒劳辛苦了一年的自己和家人，因此，备年货，置新衣，很早就开始忙活起来。

过年也是我最向往的节日。母亲忙着磨糯米粉，有客人来随时可以包圆子，尽管家里人少，但还是磨了许多，吃了很久也吃不完，一直到发绿发霉为止。我的任务是舂芝麻粉。至今我还保留着当年磨糯米粉的石磨和舂芝麻粉的石臼、石杵，这些老物，在当时可是非常稀缺的好东西，很多邻居家里没有，过年时都要来借用，非常抢手，得排队算好时间的。现在各家各户都有了碾磨机、粉碎机、搅拌机等厨房小家电了。

过年时，自制蛋饺，是家家户户都会上演的节目。先要做蛋饺皮，用一个勺子在煤炉上烧热，然后用一块猪油来回一抹，把融化后的冰蛋舀一调羹放进勺子里，就势转一圈，圆圆的蛋饺皮就完成了，然后夹一筷子肉糜放中间，再用筷子将一边的蛋饺皮轻轻拉起合到另一边，把肉糜包裹在其中，再用筷子在合起来的蛋饺皮上轻轻按压使之粘合，一只黄澄澄的蛋饺就做好了，这是年夜饭全家福大锅汤里最讨口彩的金元宝啊，没有人不喜欢！

在那个物资短缺的年代，商品供应并不丰富，紧俏的东西都要凭票，有钱也难买。过年时配给的年货，有些要凭"小菜卡"（副食品卡）去买，而且都是被迫地选择性购物，比如买了小核桃就不能买瓜子，等等。那时候还没有冰箱，食品的储存也极不方便，我家所有的年货就放在一个洗澡盆里。在我养父母的观念中，凡是凭票供应的东西，一定要买，而且，宁可吃不了，宁可浪费了，也要把凭票的东西都买回来，这是最重要的事情。其实，这也是对长期物资匮乏形成的一种担忧。就像过年时烧的一整条鱼，每天端进端出，就为象征着年年有余（鱼）、物资丰沛。

记得过年时我父亲从山东背回来的柿子饼足足有两麻袋，怎么也吃不完，一直吃到能让我吐。过年时，我的衣服口袋里装满了红枣、黑枣、花生、瓜子、云片糕以及

◎ 日思夜盼是过年

水果糖等美味，当然，各种奶油软糖肯定也是少不了的。

除了享美食、穿新衣、拜新年，印象深刻的还有放鞭炮和贴对联等等，这是除旧迎新的一件大事，也是对美好生活的向往和期盼。我印象中每到初二，住在闵行的金星父亲李绍恒穿着大衣戴着阿福帽领着全家来拜年，一直到陈家巷动迁为止。值得一提的是，多年来这位工人劳模拜年时的一身行头从没变过，我想他肯定只是逢年过节穿一下，平时是不舍得穿的。

改革开放后，大家的日子都富裕了，平日里吃的也像是过年一样，很多家庭不在家里办年夜饭，而是在外面大饭店里办年夜饭。我和亲戚朋友一起过年，成为一种时尚。我与同学王晶的岳父母及舅子们，加上我的岳父母，两家人家两大桌一起过年持续了七年，直到双方老人相继去世。

我的两位舅舅

我生命中有两位舅舅，一位是养母的弟弟叫黄国祥，年轻时来上海学裁缝。他从小落下残疾，右手手臂要比左手手臂细二分之一，吃饭拿筷子也抖抖簌簌。他文化程度不高，是一个厚道、顾家的好男人。他一生省吃俭用，抚养了五个子女。每年回乡下探亲，他会带很多东西给家人，恨不得把上海的百货公司背回家。他白天在上海服装廿一厂工作，晚上还帮左右邻居裁剪衣服，一辈子勤勤恳恳，退休后，由我介绍到朋友周唯贤处工作，做到 71 岁告老还乡。我自小就深受他的影响，他不是用语言来教导我，而是用行动来感染我，记得我家造房子他来帮忙，风雪中用一个手拉砖车，不幸摔倒在地上，但他一声不吭爬起来，那坚毅的眼神深深触动了我。他的与人为善、乐于助人在我脑海里根深蒂固。他 80 岁和 90 岁的生日，我都到乡下为他搭台唱戏祝寿。而他 95 岁去世时，正逢疫情期间上海封城，我为无法送他最后一程而深深遗憾。

我的另一位舅舅叫陈宝根，又名陈喆，是邻居陶巧玲家的堂舅舅。舅舅的老家与我养母的老家在扬州是隔壁邻居，于是我也随巧玲他们一起称他“舅舅”。舅舅那时已读高中，年龄虽然才十几岁，但辈分高，外表斯文，聪明绝顶，还特别孝顺。为减轻他母亲的辛劳，他十三四岁起就在母亲的店里做帮工。后来，他考上了大学，在我周边的亲友邻里间属绝无仅有。那个年代，一个身穿海军呢中山装和毛料裤子的大学生在理发店做帮工，吸引了许多妙龄女郎，她们都纷至沓来。大学毕业后，他分配到北京高校任教，每月的收入大部分都寄回上海家中。1972 年他调回上海，怕母亲过于兴奋血压飙

◎ 我的两位舅舅

升，竟先将行李存放在火车站一个多星期，让母亲慢慢接受了这一喜讯。70年代他在外事部门工作，送给我的挂历、日记本和圆珠笔，我至今都珍藏着。还记得当时他白天在外事部门上班，晚上还骑着自行车到夜校去教英语。他的优秀是我们这些孩子心目中的楷模，我母亲就是拿他作为培育我的“标杆”，几乎时时事事都拿他来衡量我。我从年轻时形成的许多人生观念，都是受到他的影响。事实上，两位舅舅是我一路前行的标杆，我的身上也确实有他们的影子。

陈家巷里平凡的“名人”

居住在陈家巷新民邨里的人，多为普普通通的市民百姓，他们也是在各自平凡的人生中活得艰辛而坦荡的人。但是凡人不凡，他们之中，总有一些让人尊敬、让人感恩、让人怀想的人；也有一些是我们身边熟悉而有趣的人，他们独特的人生和传奇故事总是在坊间流传，令人津津乐道，我也在此记下一笔。

外婆刘家珊

在我的印象中，以前的里弄干部，更像是沉浸在各自居住区域全天候为居民服务的人物，她们绝非拿着薪金的专职干部，如八郎的母亲张翠珍、大头的母亲胡小妹，退休后也没有一分钱的退休金，但却真心实意、满腔热忱地在为居民付出，因此深得人心。

新民邨里有两个妇孺皆知的里弄干部，就是被居民们尊称为“外婆”和“舅妈”的两个“名人”。

外婆叫刘家珊，苏北人，是同学虞力的奶奶、同学王国平的外婆。当年的外婆年过花甲，脸庞瘦削，发髻盘在脑后，是里弄里第八块的“大块长”。她虽然没什么文化，但她熟悉新民邨居民的家长里短、社情民意，总是奔波、忙碌着新民邨里大大小小的公众事务，大家也都亲切地称她“奶奶”。奶奶面目很慈祥，其实也很严厉，一旦发现孙子虞力和品行不好的小朋友玩，她会出来训斥并制止。

◎外婆刘家珊

舅妈胡小妹

舅妈名叫胡小妹，本地人，随老娘舅徐宝泉从青浦到陈家巷来插桩建房，是徐海英和徐建军的母亲。她梳着短发，为人热心，身为里弄干部，为弄堂里的各种烦琐事务而操心，白天张罗着弄堂的环境卫生，晚上摇铃提醒大家注意火烛、关好门窗。我小时候若一人在家时，她会特别关照我；若是我生病了，她一定会来嘘寒问暖。要是弄堂里出现一张陌生面孔，她必定会上前问道："你去哪家？找谁？"凡是居民家有纠纷，出面做调解工作的也必定是舅妈。若是哪家有青年男女没有对象，她也会热情地牵线搭桥。舅妈在居民中有相当高的威信，大家都很认可她的公正无私。在家庭中，她不仅为几个子女的成长付出心血，连第三代也是她一手带大的。她年纪大后住女儿家，我常去看她，在2007年我特地请一些高龄邻居在我开的饭店里与她相聚，一次老邻居的相聚可以让她兴奋几年。直到她脑子糊涂后，凡是去探望她的人，她都认为是我，说"小金根来看我了"。她在94岁高龄离世，实属高寿。

新民邨舅妈

◎舅妈胡小妹

老皮匠和小皮匠

我邻居中有两位皮匠，一位本地人姓曹，住我家隔壁160号，在家里摆了一个鞋摊专门修补各种皮鞋。我们都叫他老皮匠。他有两个儿子，都在大厂里工作，工资很高，为往返郊区方便，各自买了一辆英国进口的兰令牌自行车，这在当时的弄堂里是了不起的事。两兄弟一直仔细保养着自行车，一旦有点灰尘，就会把坐垫下的白回丝拿出来，认真擦洗，甚至到给水站清洗车子，说进口车不怕水。记得当年在我家建房的时候，他为了保护自家的利益，与我家签订了一个“不平等协议”，即我家的窗子不能对着他家的窗子，更不能朝外开。现在看起来都非常可笑。另一位皮匠姓王，苏北人，我们都称他小皮匠，他到上海后租了我家对面老娘舅的草房，生有二子一女。他是弄堂的象棋高手，号称“常胜将军”，我经常看到他到我家借一个凳子，和弄堂口潘钢的父亲、新华派出所所长进行象棋“厮杀”，常常为一步棋争得面红耳赤。后因租借老娘舅的草房被台风刮倒，他搬去幸福邨居住，但还是经常来陈家巷走街串门，对老邻居有着特殊的感情，一直延续到他的儿子王殿根这一代。我们至今还在走动，常常聚会。

◎ 老皮匠和小皮匠

华山名医周良辅

华山医院名医周良辅，个不高，国字脸，为人谦和。1965 年，他从上海第一医学院医学系毕业后在华山医院工作，和我家窗对门的邻居俞家大小姐结为伉俪。结婚后住离我家不远的淮海别墅 37 号石扶梯楼上，和同学王宏培门对门。我第一次见他行医，是 70 年代他抢救中风多年的岳父，他用大拇指掐住岳父的人中。我也多次见他在盛夏的日子里，身穿背心手里拿着手术刀在西瓜皮上专心致志练刀功。即使有人在他家窗下倒马桶臭气熏天，他也全然不顾，聚精会神，刻苦钻研医术，为他后来成为大家打下了坚实的基础。他是中国工程院院士，上海神经外科临床医学中心和上海神经外科急救中心主任，复旦大学附属华山医院神经外科主任。据报道，2009 年小品王赵本山在上海突发急病，就是他用高超的医术治愈的。他的医术精湛，在学界享有盛誉。

◎ 华山名医周良辅

老裁缝徐广财

老裁缝徐广财，和我养父母是老乡，比较合得来，住在我家斜对面。我小时候曾跟他们一家坐轮船去苏北老家，在乌漆墨黑的船舱里，老广财跟我讲了很多有趣的故事。旅途中，我第一次看到一种“帮船”，它是用柴油机发动的，靠在轮船边上，摆渡上下轮船的旅客，现在想想在摇摇晃晃的水面上，还是很危险的。老广财是苏北人，人高马大，娶了青浦的女子做老婆，连生了八个孩子，最难忘的是他逢人便炫耀自己吃了孩子的“衣包”，是为大补。老广财的裁缝店门面不大，是夫妻老婆店，两人一个在店铺待客，一个在里屋做针线活和做饭。他们的子女空下来也帮着做针线活，并且有一定报酬。老广财总是热心地为顾客量体裁衣，并尽量节省布料，很受欢迎。“文革”期间，老广财乘乱去淮海别墅抢房子，抢了一间车库，不久后被收回。由于他家人口众多确实困难，便向政府要求住房，后搬迁到平武路幸福邨继续开裁缝店，他腾出的陈家巷的房子后来给了哈同的干儿子周干甫。“文革”中周干甫从洋房中被扫地出门，搬到此处进行劳动改造。

在陈家巷淮海别墅门口也有两家裁缝铺，“文革”中合并为“红光服装店”，从个体经营转变为集体企业。

◎ 老裁缝徐广财

紫罗兰书记朱学宽

武康大楼下有个鼎鼎大名的紫罗兰理发店，为淮海中路1838号，是上海老牌理发店，曾引导上世纪30年代和80年代两个时代的上海美发时尚。新中国成立后，该店的当家人——支部书记叫朱学宽，是我的邻居。1955年，他与我养父合买了薛顺祥的一间房子，面积不到20平方，两家人用竹片和芦席做了一个分割墙，既不隔音，也不遮光。由于他白天忙着工作，晚上很晚回来睡觉，我和他很少见面。在我的印象中，他高高瘦瘦，文质彬彬，说话慢条斯理，像个很有文化的人。据说他的理发水平堪称一流，在爱美的女性中颇有名望，因而女顾客尤其多。他生有二男一女，均在扬州农村，小儿子还腿脚残疾。“文革”中他得悉大同煤矿招工，可以带一家属去落户上班，他毅然决然，报名去了山西大同煤矿，目的就是给残疾儿子落个户口，有生活保障。他告别了紫罗兰理发店，将他那半间房子卖给了我养父，离开了上海，从此杳无音信。

◎ 紫罗兰书记朱学宽

哈同的干儿子周干甫

“文革”中，陈家巷新民邨以大勾子为首的年轻人练习摔跤，用一张席梦思床垫当做练摔跤的垫子，这张席梦思就来自住在洋房里的周干甫的家。这个周干甫，身份颇有来历，是上世纪初在上海买卖鸦片发了财的犹太人哈同的干儿子。周干甫当年就住在陈家巷“斜头店”对面小弄堂里的洋房里。“文革”期间，造反派霸占小洋房，把周干甫强行赶了出来，他就住进了原老裁缝徐广财住的小屋。从小洋房到徐广财的小屋，这段百十米长的路，造反派就勒令周干甫负责打扫。周干甫心有不满，有一次将通阴沟洞挖出的污泥故意倾倒在舅妈家的窗户下，臭气熏天。后来一调查，是周干甫干的，造反派立即把他教育了一通。

当年哈同还有个干女儿，叫罗馥贞，与周干甫兄妹相称。后哈同将罗馥贞许配给了庄惕深，住 1641 弄 5 号，后来庄惕深又娶了雷仲如，生下一儿一女，儿子便是后来大名鼎鼎的庄则栋，也就是和周干甫没有血缘关系的外甥。庄则栋成为乒乓球世界冠军后，周干甫便炫耀说他曾给庄则栋买过乒乓球拍，这下又惹恼了造反派，说你这个帝国主义的走狗有什么资格给世界冠军买球拍?！于是又挨了造反派的一顿批判。

◎ 哈同的干儿子周干甫

电影演员廖有梁

我小时候最爱看的电影是《霓虹灯下的哨兵》，喜欢影片中的童阿男这个演员，用现在的话来讲，是他的影迷。巧的是有一次我去兴国路 372 弄 3 号发小王荆龙的家去玩，正好碰到饰演童阿男的演员在搬家，住进楼上一间亭子间。我急忙问发小，这演员叫什么名字？发小告诉我，叫廖有梁。从此，我记住了这个名字。廖有梁的儿子叫廖海，由于他夫妻俩要外出演出，便时常委托王荆龙帮忙照看廖海。我常去王荆龙家里玩，自然也一起带着廖海玩。有一次廖有梁发工资后，特地买了一辆小自行车回来，让我教他儿子学着骑。他高兴时会为我们表演电影里的台词逗我们开心，或开个大西瓜给我们分享。后来因为他们夫妻分离，廖海随他母亲去了美国，廖有梁也搬家离开了兴国路，自此再也没有联系。多年后只在电视、电影上见过他出演一些角色。听说他晚年生活并不如意，较凄凉。1999 年去世，享年 62 岁。他也是个被遗弃的孤儿，和他的结识，虽然短暂，也是一种缘分吧。

◎ 电影演员廖有梁

赤脚医生

上世纪六七十年代，出现过的一种医务人员，名为“赤脚医生”，他们没有固定的专业编制，却有一定的医疗知识和能力，是基层政府批准和指派的从事医疗服务的兼职医疗人员。他们活跃在乡村和城镇最基层的社区，很受欢迎。所谓“赤脚”，并非说他们不穿鞋，而是形容他们贴近民众接地气吧。“赤脚医生”的标配是一个印有红色十字的药箱，药箱里有常用的药品以及一个铝制的盒子，盒子里面放着粗细不一的针头和注射器、镊子等。陈家巷就有几位这样的医生，一位叫范玲玲，人略胖，住2006弄，我们都叫她范医生。她走街串巷，询问各家孩子打疫苗的情况，如果没打，她会主动给你打上。另一位是住我家隔壁租借山东人家的房客，叫夏文珍，单身女，60岁才嫁人。她人瘦瘦的，戴着一副金丝边眼镜，讲起话来慢条斯理，对人很和气，看上去一副知识分子的模样，她的工作是上门出诊为患者打针送药。

◎ 赤脚医生

陈家巷的警察叔叔

我们从小就知道，警察是一个崇高的职业，陈家巷新民邨就有好几位警察叔叔，给我留下很深的印象。我中学时有个同班同学叫潘钢，中学未毕业就不幸去世了，他的父亲就是个警察，是新华路派出所的所长。潘所长的大儿子是交大工农兵学生，叫潘斌，毕业后报名去西藏。作为父亲，他在大会上表示积极支持儿子去援藏。当时我已在交大工作，听后非常感动。潘所长也爱好下象棋，经常找小皮匠和徐长根切磋棋艺。我的同学虞力的父亲叫虞世峰，也是一位警察，在徐汇分局工作。我小时候去找虞力玩，看到的总是他父亲一张严肃的脸庞，令人畏惧三分。我长大后在检察院工作，跟虞力父亲工作上有一些交往，发现他父亲其实是个非常通情达理的人，和我小时候的印象完全不一样。住在256号的同学王国平，他的父亲是位狱警，长期在劳改农场工作，曾获司法部嘉奖。他的对门是一位姓夏的民警，在徐汇交通队工作。他的后门住着一位姓孙的民警，是派出所的所长，他培养的儿子是一位经侦民警，是我的好朋友。还有一位警察是在出入境部门工作的，我们叫他老戚，住在发小王荆龙原来房子旁边。他的儿子也是一位警察，现在是一个派出所的所长。让我佩服惊叹的是，这里原来是一块空地，他居然能在淮海别墅4号的墙壁旁，建造起一座两层楼的小房子！后来新民邨动迁后已经盖上高楼，但是他造的这幢房子还屹立在老地方，现在是物业管理公司所用。

◎ 陈家巷的警察叔叔

难忘的儿时游戏

儿童是通过游戏，获得智慧和想象、技能和体能的，这就是人类从小到大都离不开游戏的原因。我们当年玩的游戏，简单而富于智慧，有趣而利于健身，很多游戏的器具可以自己动手完成，不需电力，没有遥控，虽然与今天高科技时代的游戏不可同日而语，但我们依然在游戏中得到了快乐，并且在快乐中健康地成长。这些游戏，是我们年龄的标记，也是那个时代的标记，凭借着这些标记，我们很容易穿越历史，回到当年，眼含热泪地找到曾经趣味相投、朝夕相处的玩伴和搭档。

男孩子流行的游戏有：滚铁圈、刮香烟牌子、盯橄榄核、打弹子、斗蟋蟀、捉知了、捉金乌虫（即金龟子）、扯响铃、打大怪路子、抽贱骨头、竖蜻蜓、拉绳子、轧煞老娘有饭吃、斗鸡、吃弹簧屁股、挑游戏棒等等，这些男孩玩的游戏既是我和陈家巷的小伙伴爱玩的游戏，也是通行于上海的大街小巷的游戏。

女孩子玩的游戏就比较斯文，比如：用绒线绳挑绷绷、在地上画线造房子、跳绳、跳橡皮筋、踢毽子、游戏棒、扔沙袋等等。

扯 铃

“扯铃”，俗称叉铃，是一种传统民间技艺，各地有各种称呼，如“空竹”

◎ 扯铃

等等，是杂技表演的常见节目。我的邻居大海是高手。铃子一般多用竹制，有单铃和双铃。玩起来用两根扯铃棒牵着的细绳把铃子扯起来，通过快速转动发出“嗡嗡嗡”的声音，玩耍者还可以把铃子抛向空中，落下时又准确地用绳子接住，铃声依然“嗡嗡”不断。高手还能玩出各种花式呢。

当年上海有两个地方卖扯铃很热门，一个是城隍庙，一个是南京西路的翼风模型商店。翼风模型商店是上海的航模迷们心中的圣殿。

刮香烟牌子　斗鸡

“刮香烟牌子”也是当年盛行的游戏，据传早年生产的香烟附有各类题材的成套画片，如《三国》《水浒》《西游》等故事中的人物，因孩子们喜欢收集这些画片，衍生出刮香烟牌子的游戏。所谓“刮”就是将自己的这张香烟牌子，拍向对方的香烟牌子，利用落地时空气震动的原理，将对方香烟牌子“刮”翻身或“刮”出界，即可判出输赢，并将战利品收入囊中。“刮”也是有一定技巧的，同学虞力是高手。

“斗鸡”，是男孩子们玩的游戏。玩起来单腿着地，另一条腿弯曲用手托住脚丫，再用弯曲的膝盖与对方冲撞，谁被托起的脚丫落地谁为输。可以一对一斗，也可以群斗。斗起来既要有技巧，进攻、防守、躲闪，又要有脚劲和平衡力。这种游戏不需要任何器械或道具，随时随地可以玩，我与徐建军、张鸿翔等人就经常玩。印象中有一位住在同学王红妹隔壁的残疾人，有一条坏腿，竟斗遍弄堂无敌手！

◎ 刮香烟牌子　斗鸡

抽贱骨头　滚铁环

“抽贱骨头”是上海人的叫法，它的学名应该是“抽陀螺”。把一小段圆柱形木头，一头削成圆锥形，尖头嵌入一颗钢珠，用一根绳子（鞭子）使劲抽它，使它立起来飞速旋转，还要不断地抽打它，使它长时间旋转不倒。其实一开始让“贱骨头”立起来旋转是要有点技巧的，邻居陆建峰、徐建军他们属于玩出精来的人。

“滚铁环”，铁环一般就是家中旧木桶上的铁箍，一个废旧的铁圈。再用一根半米长的粗铁丝，一头做成把手用手扶着，另一头弯一个 U 形，推着铁圈使其滚起来。在弹硌路上滚铁环需要一定的水平，平衡性把控不好，会随时倒下。同学张鸿翔、胡云华、王泽平是高手。

◎ 抽贱骨头　滚铁环

踢毽子　打乒乓

“踢毽子”，当年的小店铺里应该也有卖毽子的，但我的记忆中毽子都是自己动手做的，一般是用一个啤酒瓶盖子或一个铜板做底，上面固定住一截羽毛管，用布包起来扎紧，再插几根公鸡毛。踢毽子的花样繁多，有多人踢的也有单人踢的，看谁踢的花样多、踢的个数多为胜。钱慧莉、沈建国是佼佼者。

小时候我们打羽毛球、踢毽子和跳绳，基本是在淮海别墅的弄堂里，那里宽敞些。唯独打乒乓球是在陈家巷狭小的弄堂里。把一块木板放在两只凳子上当球台，就可以开始比赛了。我的同学虞力球技出众，打败了弄堂里所有的小伙伴，是乒乓球运动的好苗子，后成为复旦中学体育班的特招生。另一位高手是住在云登公寓隔壁的张清泰。上学时他们经常代表复旦中学外出参加比赛，享受的待遇是可以不上课。他们的球技一旦打疯了可以逼平长宁区队。我的第一块乒乓球拍是在城隍庙买的，是牛筋贴面，属于高级的一种，在新民邨属较早有乒乓板的人。但我在球台上不是虞力的对手，所以我常常是找一面墙壁，对着墙单打独斗，自得其乐。

◎ 踢毽子　打乒乓

捉“爷胡子”

上海话“爷胡子”即知了（蝉）。捉“爷胡子”的工具都是自己制作的。一根竹竿，和放在竹竿头上粘“爷胡子”的那团黏糊糊的东西，这团东西或用废旧的胶皮，用火烧成糊状，或用面粉放在水里捏成黏糊的面筋。还有一种办法，是在钢丝圈上面用绳子制作一个网袋，绑在竹竿头上罩“爷胡子”。一个是粘，一个是罩，对我们而言充满快乐。小学时代是大海小海带我去余庆路捉，中学时代我和许维安、王荆龙在泰安路上捉。我也经常带大伯的儿子王金荣在余庆路和宛平路上捉。我们会把捉到的“爷胡子”关在用棒冰棍做成的笼子中，不过“爷胡子”在笼子中是活不了多久的。还有一种捉“爷胡子”的方法是清晨到花园里捉刚刚从土里爬出来的蝉蛹，看着它们慢慢爬到树上，观察它们脱去外壳的羽化过程。

◎ 捉“爷胡子”

打弹子

“打弹子”。所谓“弹子”其实就是玻璃球，直径要 1.5 厘米，外面是透明玻璃，内心有透明花瓣，有些透明的玻璃球晶莹剔透非常好看，而我和小伙伴们不是来观赏弹子的，而是用来游戏争胜的。打弹子，是把弹子放在拇指与食指弯曲之间，然后拇指用力弹击，将弹子弹射出去，如若击打到对方的弹子，就算获胜，也有很多不同的玩法，但是最终目的都是要准确击中对方的弹子。因为关乎输赢，也特别刺激。同学中，虞力、朱正华（小腊光）是常胜将军。他们是左撇子，和别人不一样。当年我们还经常去幸福邨耀华玻璃厂仓库门口，捡拾了很多遗落在地上的玻璃球，这样，打弹子时的“弹药”就充足了。

◎ 打弹子

捉蟋蟀　斗蟋蟀

蟋蟀，上海话读音为“赚绩”（也有“蹔绩”“趱绩”之说）。夏秋季节一到，捉蟋蟀、斗蟋蟀是当年我和小伙伴们最着迷的事。同学叶晓初和虞力、胡云华是儿时捉蟋蟀和斗蟋蟀的大王，经常半夜三更去郊区抓蟋蟀，而我和王晶等人则常去万国公墓抓蟋蟀。捉蟋蟀的主要工具有网罩、铁丝、手电筒、竹筒。网罩是从商店买来的尼龙罩，约 4 公分大小；竹筒是长 10 公分左右的细毛竹，用纸或棉纱当塞子，一旦捉到蟋蟀就把它关进竹筒里。竹筒上必须用刀开一条槽，一方面能观察里面的蟋蟀，另一方面也可让蟋蟀透透气。捉蟋蟀主要是听声音，循着蟋蟀的鸣叫来判断它的具体位置。蟋蟀一般都是晚上鸣叫，所以白天很难发现它们。白天也有少数在“打结铃”时的鸣叫，循声可以找到。所谓“打结铃”就是雄性蟋蟀发情所发出的一种引诱雌性蟋蟀来交配的声音。如果发现鸣叫声在泥土洞里，我们则常常用小便（水淹）的方法把它逼出来。如果晚上发现鸣叫声在乱石堆里，就需要翻开乱石打开手电进行抓捕，蟋蟀若一动不动则上上大吉，用网罩诱它进网；蟋蟀若逃跑则要翻砖挖墙追踪，抓的难度就大了。蟋蟀要养在盆里，盆可以自制，也可以去购买。买来的盆用泥烧制而成，价格有高有低，好的叫龙盆，差的叫草盆。在盆里放一小碟水，放几粒米饭或者毛豆之类。斗蟋蟀是最精彩的，这是捉蟋蟀的终极目的。两只蟋蟀放进盆里，我们用蟋蟀丝草去挑逗它们，让它们兴奋起来，待龇牙咧嘴地斗起来，则胜者为王，败者为寇。叶晓初、虞力他们养蟋蟀养出精来，不过也有失手的时候。据晓初讲，他这辈子见过最厉害的

◎ 捉蟋蟀　斗蟋蟀

蟋蟀就是虞力养的蟋蟀，可惜换盆换死了，虞力为此大哭一场，小伙伴们也为此惋惜。

跳橡皮筋　老鹰抓小鸡

跳橡皮筋，女孩子们最爱玩的游戏。用多根橡皮筋组成的“绳子”，两头各有一人牵着或者拴小树上，女孩在中间用脚或勾，或踩，或挑，或翻，或跳，做出各种动作，边跳还边唱童谣、儿歌，“冬瓜皮、西瓜皮，小姑娘赤膊老面皮；冬瓜皮、西瓜皮，啥人不唱老面皮”。节奏轻盈快乐，橡皮筋也会一节一节升高，难度越来越大。同学钱慧莉、沈建国、张建平、张国巧是高手。

老鹰抓小鸡，这是从很小的时候就开始玩的游戏。一人做“母鸡”，其余的人排成一溜躲在母鸡背后做“小鸡”，另一人做“老鹰”，“老鹰”要抓住排在最后的一个“小鸡”，“母鸡”张开双手拼命保护，“老鹰”以抓到“小鸡”为胜。这个游戏也不用任何道具，但玩起来紧张刺激，又欢笑不断。

◎ 跳橡皮筋　老鹰抓小鸡

小人书摊

在我童年的印象中，陈家巷附近有两个小人书摊。一个是武康大楼下紫罗兰理发店边靠着墙面的小人书摊，是流动摊位，白天摆摊，晚上收回。另一个在武康路兴国路的转角上一个两层平房下的小人书摊，是固定店面。上海人把连环画叫作“小人书”或“小书”。那时候，经济条件不好的家庭很少给孩子买书，孩子若要看书，就只能到小人书摊去看。若坐在书摊前看书，薄一点的新书一分钱一本，旧一点的一分钱两本；若租回家去看则加倍。大部分小人书都是成套的，如《三国》《水浒》《红楼梦》《封神榜》等，也有革命战争、现代生活的，前苏联的居多。在那个年代，小人书是我们童年的启蒙读物。起初识字不多的时候，是看着画，连猜带蒙，对其中的内容不求甚解，后来渐渐地识字多了，也明白了书中的意思，越看越入迷了。应该承认，小人书对丰富我们这一代人的语文知识和历史知识，起到过不小的作用。

◎ 小人书摊

淮海别墅的小花园

在淮海别墅通往兴国路的中间，东靠兴国路小学，西靠新民邨小门口大树，有一片花园，由 37 号和 11 号分别拥有。板箱厂和兴国路小学的空地属于 372 弄 11 号的花园，后在此建厂、建小学。淮海别墅 37 号门前的花园由王椿庭（王秃子）代为管理。“文革”中为响应政府深挖洞广积粮的号召，挖泥做砖，花园被挖成“战壕”了。我和小伙伴们最喜欢在战壕里玩打仗的游戏，用泥块做武器互相扔得非常开心。但也因此闯过祸，一天打仗时，我把泥块砸到住在咸菜作里的银根眼睛上，害得我养母不得不亲自带我登门去道歉。

在 37 号和 11 号之间还有口井，天热时井水的温度很低，我会把西瓜放在一个篮子里，用绳子吊着沉到井水里降温，俗称“冰西瓜”。一次，冰西瓜的篮子柄断了，西瓜掉井里了，我一个人便急着下井去捞，结果下去容易却上不来了，只能拼命呼救，等到有人路过发现，才用绳子把我拉上来。一般孩子多的人家，把西瓜切成一瓣瓣，大家分着吃，而我是家中独子，把西瓜一切为二，捧着半个用调羹挖着吃，西瓜汁一点儿都不会浪费掉。现在想想还是很“奢侈”的事。

◎淮海别墅的小花园

虹桥路边学游泳

记得小时候一到放暑假，我和小伙伴们就喜欢三五成群，到近郊去游玩，所谓近郊，也就是虹桥路、古北路这一带，当时的路两边都是农田与河浜，我们在河浜里捞鱼虫、捉小蝌蚪（上海话叫“拿摩温”）。由于是酷热的夏天，大家都会想要游泳，但当年整个上海市区的游泳池很少，很多人就会在近郊的河浜里游泳，俗称“野浴”。我和发小王荆龙就是在虹桥路边的河浜里学会了游泳。不过，由于自学的游泳姿势不正规，后来我进交大游泳队，让教练陈杰（上海市水球队教练）和队友王江平（上海市水球队队员）纠正和指导了很久。当然，当年我们“野浴”是要瞒着家长的，家长一旦知道我们在河浜里游泳，会又气又急、非打即骂的，因为我们后弄堂有一位小朋友就是在河浜里游泳淹死的，小朋友的家长悲痛万分、一路哭诉的情景让我终生难忘。

◎虹桥路边学游泳

“向阳院”印象

所谓“向阳院”，是“文革”中的产物，是由居委会、社区单位和居民共同组建的“新生事物”。1973年，一部名为《向阳院的故事》的小说走红，1974年，长春电影制片厂拍摄的同名电影在全国引起轰动，一夜之间，“向阳院”如雨后春笋，在各地出现。当年不像现在，学生补习要花钱，而是成立学习小组，一帮一，一对红，成绩好的同学帮助成绩差的同学，所谓“优差搭配”。记得当年我和同学们放学后，集中在“向阳院”一起做作业。“向阳院”就在我家前面徐建军家房子倒塌的这块空地上。“向阳院”里放个电视机，到了晚上大家都在那边看电视，召集人是我的同学叫张国巧。另一个“向阳院”在同学刘建祖的门前。电视机放在刘建祖的家门口，傍晚5:30不到，大家就把椅子搬过去抢占地方，目的不是做功课，而是为了晚上能离电视机近一些，因为当时的电视机都是九寸的，很小。电视机为什么会放在这两个地方，因为这是胡小妹和张翠珍两位里弄干部的家门口。

◎ “向阳院”印象

席梦思上练摔跤

上世纪六七十年代的“文革”期间，陈家巷新民邨的少年们，学业被荒废，却正是精力最旺盛的阶段，我们把哈同干儿子周干甫家的席梦思拿来用作垫子进行摔跤练习。以张国流（大勾子）为首的比我们年长几岁的人，用淮海别墅抄家来的大理石凿出两个洞做成杠铃片，用作举重。又把淮海别墅的水泥柱子搬到已经倒掉的草房地带，利用空地用作单杠运动。大勾子用帆布做成摔跤衣服，但由于帆布很硬，难以缝制，针脚有半尺长，所以一拉就散。我们还用大块石头做石锁进行练习、玩耍。当年弄堂里有好几位武术高手，我曾天不亮就跟张宝香的儿子张国盛学习武术，我不明白的是为什么一定要天不亮去练，他说早上氧气充沛。我练了不久，没有坚持下去。还有一位高手是住在同学虞力隔壁的，天不亮就准时出现，每次打十大印，都让我眼花缭乱。印象中，同学张国俊翻单杠时摔下腰不能动，只见他父亲非常着急，飞奔到小便池里刮淤积的老啃（尿垢）用来蒸蛋给他吃，说是可以治疗腰伤，我感到不可思议，长大后我还专门问了中医，中医说这是治疗跌打损伤的秘方。那个时候，练就强健的体魄，是每个少年都曾有过的梦想哦。

◎席梦思上练摔跤

托儿所的记忆
——盼望母亲来接我

我童年的托儿所就在淮海别墅 1 号。同学钱慧莉的母亲钱巧英、同学周国强的母亲是我的老师，邻居张宝华是托儿所烧饭的阿姨。托儿所的同学有钱慧莉、程碧云、虞力、张华、冯军等。我至今还保存着一张托儿所的集体照，现在看起来弥足珍贵。

当时托儿所的条件相当简陋，有三个教室和一个小花园，天晴时我和小伙伴们手牵手从淮海中路 1984 弄大门右转沿街走到华山路，过华山路 1641 弄即到了华山花园进行玩耍和游戏。午饭后午睡一小时，起来后给两块万年青饼干。我小时候有吮吸手指的习惯，直到五六岁还没改掉，是幼儿园的邻居张宝华用辣椒涂在我手指上才彻底改掉了这个习惯。因为我的养母上班三班倒，无法保证每天按时接我回家，所以我是全托的，每周回家一次，我还记得那时的全托费用是每月 15.50 元。印象中没有几位小伙伴是全托的，其他小朋友每天晨来晚归，而我却待在托儿所里眼巴巴地望着窗外，看到有同学家长经过会问：我母亲在不在家？一心期望她早点来接我回家。

◎ 托儿所的记忆——盼望母亲来接我

我的小学老师

在兴国路小学读书期间，印象最深的是数学老师朱伯平，个子很高，三十几岁还未婚，年纪轻轻已经谢顶，每次上数学课手里夹着三角尺。另有两位教语文的，一位是朱妙珍老师，另一位是陈丽君老师。记得我读书时喜欢跟班上成绩好的同学争分数高低，但语文分数总是上不到 90 分以上，朱妙珍老师对我说："你努力了 85 分，不努力 80 分。"这像一句魔咒，一直到我读大学也没有破除。和我感情最深的则是叶晓初的母亲陈丽珍老师，教英文的，我和她关系最好，从小学毕业到中学毕业，一直到工作以后，联系一直没有间断过。一是由于住得近，我成家后，她经常将她外孙女的衣服送给我的女儿穿；另一个原因是陈老师和我养母都是扬州人，很谈得来。1992 年后她去了澳大利亚定居，2002 年我去澳大利亚时专程看望了她，她每年回国我都安排小学时的小伙伴一起和她团聚，畅谈师生情谊。记得小学四年级学校组织去中山公园看大型群雕《收租院》，我很顽皮，爬到脚手架上去看，从上面跳下来时一颗钉子扎进脚底，是陈老师急匆匆带我去医院打破伤风针。还记得有一次她回国，我请同学张爱娣组织，把所有小学教过我们的老师请来和她相聚，她激动不已，这次聚会一直留在她的记忆里。她 90 岁那年回国，我专门在自己的饭店里摆了几桌为她庆生。陈老师 96 岁那年去世，实属高寿。

◎ 我的小学老师

复旦中学

1971年2月1日，我从兴国路小学毕业，进入复旦中学。当时正值“文化大革命”，一直在停课闹革命。我的班主任是程芬芳、顾菊生，印象最深的是数学老师赵中伟（后来成为副校长），上课非常生动，为了提高我们对数学的兴趣，经常在讲课时以我们同学来举例，如“假设王金根、王荆龙的肉头为X”等等，诙谐风趣。当时他刚刚结婚有小孩，住在复旦中学旁边的教工宿舍，经常看他一手抱小孩一手生炉子，我和王荆龙去请教他数学作业时，会主动帮他生炉子。记得当年同学们到学校时，基本不带书包，而是夹着书、拿着笔就来上课了。家庭条件好的同学会有一支钢笔，有时笔中墨水没有了，会笔尖对着笔尖“借”墨水。

我在复旦中学读书时加入了红卫兵，后来入了团，是一个积极要求上进的好学生。同学张国俊和胡云华是校田径队队员，张是短跑能手，胡是跳高能人，我经常帮他们提钉鞋，去沪西体育场训练。我们毕业分配时，团干部带头去农村；周民富同学写血书报名当兵，可惜年龄相差几天未通过；冯定、张国俊、顾国强、陈伟国、李丽明被批准去当兵。我印象最深的是送他们离开上海的情景，几辆军车慢慢离开我的视线，我在车后追赶，那场面难以忘怀。

我的母校复旦中学历史悠久，她的前身是复旦公学，1905年在吴淞成立，1912年5月25日迁入华山路李公祠，创始人是马相伯。1975年1月我毕业后一直心系母校，总想为她做些什么。80年代在检察院工作时，我专门去了学校，询问赵校长是否需要法治宣传。90年代，我多次邀请中学时教过我们的老师聚餐怀旧。2000年5月25日九十五周年校庆时，我召集了部分74届同学制作了雕塑作品《时间》赠予母校，至今还保存在校史馆。2009年我当选为校友会常务理事，并从2014年起连续三届担任校友会副会长至今。我也是校友会海外校友联络站的负责人，只要海外校友回来，我都会设宴招待，我开饭店时，就在自己的饭店，不开饭店了，就在外面聚餐。光阴似箭，日月如梭，从1905年至今，复旦中学在琅琅书声、幽幽书香中走过了119个春秋，培育和造就了无数的栋梁之材，名满天下，誉满天下，桃李满天下。我们74

届的学子也不会让母校失望，都学有所成，为祖国奉献了光和热。我还珍藏着 74 届全体老师在退休多年后联名送给我的贺卡，以及我班主任程老师写给我的信，我都视若珍宝。

◎ 复旦中学

学农

在我读初中期间，当时的教育制度规定，学生要接受贫下中农和工人阶级的再教育，因此有所谓“学工”和“学农”的劳动。1972年6月，我们到马桥公社（当时属上海县）包桃子，即为桃树上即将成熟的桃子包上一个纸袋子。桃子成熟后，由红卫兵来摘。在此期间发生过一件事，同学庄黎曼和吴纯懋为争第一弄虚作假。当时谁领桃袋多说明桃子包得多，他俩要小聪明，将五六只桃袋塞在一个桃袋里包桃子，桃袋明显比别人领得多，每次都是第一名而得到表扬。但天有不测风云，有一天下雨了，这些桃袋经受不住雨水浇灌后的重量，纷纷掉了下来，结果一查是这两个要小聪明的人干的，两人即被送到贫下中农家里接受再教育，并通知家长过来。记得当时我被老师指定去村头接吴纯懋的父亲到我们马桥的住处。顺便说一下庄黎曼同学。她住淮海别墅，小学、中学和我一起就读，她人绝对聪明，是班上的尖子。小学时朱妙珍老师说我语文永远超不过她，中学时赵中伟老师说她数学很好。70年代毕业后我们一起分配到交大，她在图书馆，我在印刷厂。80年代我去了检察院，她去了美国定居。我们至今还保持来往，基本上每年都要见上一面。

◎ 学农

学 工

我们学工是在1973年，在上钢十厂劳动。我和王荆龙分配在泥工队，主要负责拎水泥桶给泥瓦匠师傅砌墙用，也学了一点小本领。为此在1979年自己盖房子时派到大用场。在上钢十厂劳动时，最让我们兴奋的是可以喝到盐汽水，甚至可以把盐汽水带回家去。另外，在食堂买的馒头、包子、点心带回家，也会得到家长的表扬。还有一件说来非常巧的事，我当时去织袜十四厂劳动时，拜了一个师傅，学习把袜子帮套在机器的钩针上，一针对一针，不能套错，否则叫漏针。结果我中学毕业分配到交大后，我们游泳队里有位队员的母亲就是我当年在织袜十四厂的师傅。我们还去了长宁木板厂劳动，当时锯木板的工作环境极差，我发现不少工人师傅的手指残缺，一问才知道，是被电锯所割，这让我至今难忘。

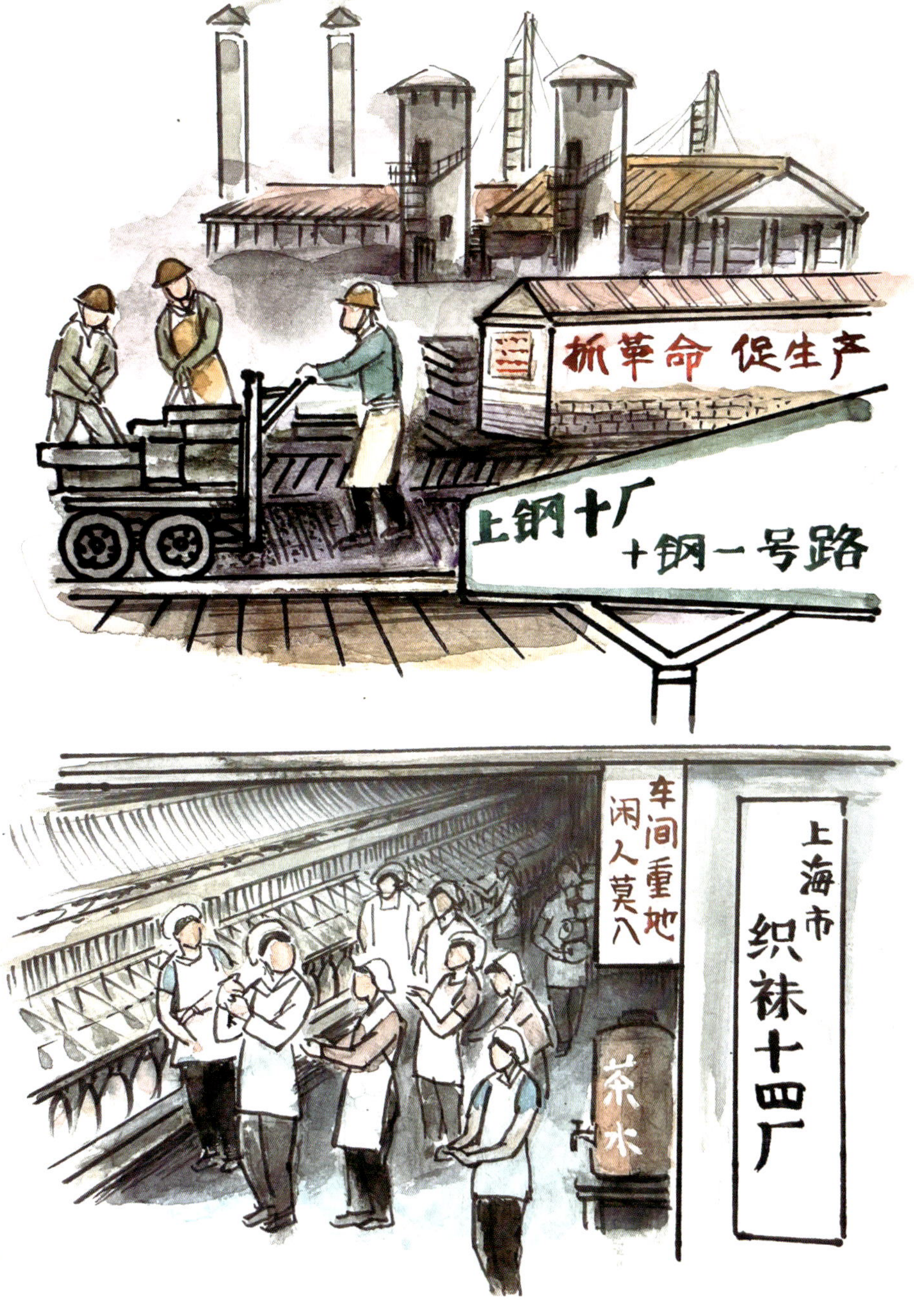
抓革命 促生产
上钢十厂
十钢一号路
车间重地
闲人莫入
上海市织袜十四厂
茶水

◎学工

拉 练

1969 年珍宝岛自卫反击战后，社会上总是有一种要准备和苏联打仗的气氛，反修防修，全民备战，上至白发苍苍的老人，下至稚气未脱的学童，几乎都要参加所谓“七亿人民七亿兵，万里江山万里营”的活动，所以，1971 年我们刚进校就参加了拉练，这是一种徒步行军的准军事化训练。我们的口号是“练好铁脚板，斗倒帝修反”，拉练途中，我们成立了快板小分队，一路鼓动着:“我们的两条腿，快呀快如飞，十辆卡车也难追，这个不是吹……”同学们戴着草帽，身穿各式各样的雨披，在雨中行军。拉练的第一站是梅陇，住在生产队里，经上海县进入松江县。我和（2）班的张弘一起分到炊事班，负责 74 届的三餐。印象最深的是用井水烧的粥非常好吃。王荆龙带的炒麦粉被大家一哄而上，你一口我一口瞬间吃光。还有，（12）班的一位同学走在田埂上一不小心跌进粪池里，大家手忙脚乱把他拖上来，非常难忘。这里顺便说一句，张弘同学非常吃得起苦，参加工作后，为发展我国水利水电事业做出了突出贡献，荣获全国水电系统劳动模范称号和上海市劳动模范称号，去北京受到党和国家领导人的接见。

◎ 拉练

我的发小

王荆龙

发小王荆龙，从上小学起就在一个班，中学又在一个班。他原来住在 1641 弄 132 号，据说陈独秀前妻施芝英曾住在楼下。他家里人口多，但因他父母亲是全国劳模，父亲在东海造船厂工作，母亲是在玻璃纤维厂工作，政府分配给他家兴国路 372 弄 3 号的一间洋房。洋房里有一个大花园，住着十七八户人家，厨房在车库里，印象最深的是我小学五六年级时，在他陈家巷的家门口乘凉，他父亲在一个小板凳放点菜开始喝酒，他母亲讲故事让大家猜个谜语：人人生下来有个私人财产，专门给别人用自己很少用。当时好多人猜不出，其实谜底就是人的“姓名”。我和小龙、虞力从小一起画画，我半途而废，他却不断努力，终于成为旅日画家并终身作画。记得我们小的时候经常在一起玩，是班上最矮的两个，念中学时我们两个还是班内最矮，排队总是排第一、第二。但是我俩是班里玩得最好的两个，平时只要一有空就互相串门、聊天，现在回想起来，真不知道当时哪有这么多的话可聊。中学毕业后走上工作岗位，还经常一起白相，在旁人眼里或许不可思议，两个男青年，经常一起逛公园，拍照，如同“恋人”。大约到 1980 年各自忙自己的家庭和工作，至陈家巷 1985 年动迁后才失联，直到 2000 年再次相逢。

◎ 王荆龙

许维安

许维安，略矮，近视眼，少年白发，班里同学都叫他“安老头”，和我坐前后排。他家住泰安路 50 号洋房里，爷爷是银行家，是新中国成立前交通银行副行长，父亲是工程师，母亲出身大户人家，兄弟二人。我们不是一个小学，他在华山路小学，我在兴国路小学，他属泰安居委，我是陈家巷居委，一起进了复旦中学，两人十分投缘，他比我长一岁，属猴，家庭背景好，学识渊博，上至天文下至地理，还会装无线电，会拍照，在我眼里是一个聪明无比的人，是我学习的榜样。在中学三年里，我几乎和他形影不离。我们一起玩耍，一起学习。记得有一次在他家的楼顶乘凉，他跟我讲要发明一个比光速还要快的飞船，往后飞，超过时间概念可以看到曹操，让我非常惊讶，虽然只是说说而已，但我从心里佩服他的想象力。我有生以来第一次看到冰箱是上世纪 70 年代在他家里，第一次接触照相机在他家里，我学会摄影和印照片，是受他的影响。我记得一天晚上，他把被子披在桌子上，形成一个小暗房，说是防止曝光，我们两人在桌子底下印照片。第一次看彩色电视机在他家里，第一次白相录音机在他家里。因为他家“文革”前受冲击被抄家，从一家一个楼面被集中赶到三家住一个楼面，生活质量急剧下降，但是我从未听到他父母一句怨言。那些家电都是平反后落实政策还他们钱后买的。他父亲是船舶设计工程师，工作勤勉，为我国的船舶事业呕心沥血。许维安是个老好人，有城府，遇事左右逢源，毕业后分配在长征锁厂，做技术工作，研究锁。锁厂被征地后，他下海自己做了一个技术小老板，开了一家公司干到如今。我俩自中学毕业后一直走动至今，这份同窗之情五十年没有中断过。

◎ 许维安

吴纯懋

吴纯懋，略胖，跟我一个班，和我、许维安、王荆龙是相当投缘的四个人，属于经常一起白相的小伙伴。住泰安路“亦村”一幢别墅里，是个大户人家，有两个哥哥和一个姐姐，爷爷是资本家，他一个人有间房间，让我羡慕不已，还有一架夏威夷电子琴，他左手用一块不锈钢片压住，用右手弹拨琴弦，发出阵阵声响，美妙的旋律让我惊叹。尤其是他弹奏印度尼西亚民歌《鸽子》时，令人陶醉。吴纯懋人称“小黑”，绝对聪明，世上没有他不懂的事，学识渊博，喜欢音乐和电气设备，毕业分配后在第七纺织机械厂。这里要讲个小插曲，他和我班的吕国兴住同一弄堂，一天吕在打鸟，吴纯懋站在楼上阳台上对吕说：“你的枪法不可能打到鸟。” 想不到吕随后对他扳了一枪，不偏不倚打中了吴的眼睛，导致左眼失明，吴家很大度，没有追究吕的责任。后来，吴纯懋全家定居美国旧金山，他结婚生子，再没有和我们联系。

◎ 吴纯懋

毕业分配进交大

1975年1月，我从复旦中学毕业分配进上海交通大学，我班分到交大一共三人，还有庄莉曼和戴宝娣。庄分配到图书馆，戴分配到实验室，我被分配到教育革命组，就是现在的教务处。原本我应该到电化教研室上班，但因印刷厂一位工人头头看上我的政治面貌和仪表，收我为徒，便被分配到交大印刷厂铸字车间，具体工作是用融化了的铅水灌注到字模里面形成一个个字，再进行排版印刷成教材。现在这个行业被电脑取代，已经消失了。学徒三年中，我积极参加学校的各项活动，印象最深的事是组织教育革命组团支部舞蹈队和陈楠一起请言派传人言兴朋指导欢庆舞，一起去人民广场参加庆祝粉碎“四人帮”的活动。

我还参加了交大游泳队，代表交大教职员工参加各高校游泳比赛。火热的青春时代有一种不怕苦不怕累的激情。1979年底，最有趣的事，是我和校办工厂的木工王晓光，也是我们校游泳队队友，趁假期在我家里加工制作家具，当时我家翻建了两层楼，空间很大。我们先从市场上买来木屑板进行贴皮、上油漆，做成小方台，到了晚上，在静安寺百乐门门口售卖。当时王晓光赚大头我赚小头，淘得体制外第一桶金。由于一直不满意在印刷厂铸字车间的现状，我早已产生准备离开的心。1980年经同一团支部的书记陈楠介绍去检察院工作，当时她已去了检察院。

◎ 毕业分配进交大

一个铝制饭盒子

我至今还珍藏着一个双喜牌双料的铝制饭盒子。

1975 年我毕业分配进交大后，养父特地为我买了一个铝制饭盒子，双喜牌，双料的。所谓双料，要比普通的又薄又轻的铝饭盒用料更优质，因而也更厚实。在上世纪很长一段时间里，铝制饭盒子曾经风靡全国，上海人把它称为“饭格子”。那时，很多读书的学生和工作的成人几乎人手一个，每天在饭盒里装满饭菜带到学校或工厂的食堂，由食堂在大蒸笼里蒸热，午饭时能吃到热腾腾的饭菜。

我进入交大时，分在交大印刷厂铸字车间。这里有煤气，有蒸锅和蒸格。大家把米洗净后放在饭盒子里，然后放进蒸格里蒸。菜是到食堂去买的。因为铸字车间和铅打交道，属于有毒行业，所以按国家规定有补贴，每天三角五分，可以在交大食堂兑换成菜票，这样一来可省下不少钱。此外，由于自己家带米来，又能省下买饭的粮票，可以换成全国粮票。饭盒子是当年家家户户的标配物品，也是一个时代饮食文化的缩影，更是节俭、淳朴的生活风尚的象征。随着时代的进步和生活的富裕，也因为铝制品中含有对人体有害的物质，铝制饭盒子逐渐销声匿迹了，尤其是众多的大大小小的饭店的兴起和“叫外卖”这种餐饮文化的出现，“带饭”这种现象已经很少见了，所以说，“铝制饭盒子”对今天的年轻人来说近乎文物了。

◎ 一个铝制饭盒子

半年工资买脚踏车

在80年代，彩电、冰箱、脚踏车（自行车）都属于紧俏商品，要凭票供应，因此票子成为稀缺品，往往要靠搞关系（开后门）才能弄到票子，或者从黄牛贩子（打桩模子）手里高价买到票子。工作的第一个年头，我称之为舅舅的陈宝根帮我弄到一张脚踏车票，我买了一辆凤凰牌脚踏车，带有花鼓筒刹车，花了174.80元，至今我还保留着发票。当时用去我半年的工资。这部脚踏车让新民邨的居民眼睛一亮，但和隔壁老皮匠儿子的兰令牌比还差了一个档次。这里有个小故事，当年有自行车的人很少，借骑的人多，其中许维安的堂弟问我借骑，他也是我们同年级不同班的同学。因为他分配去了地处安徽的练江牧场，难得回沪，我想他出身大户人家，做事应有信用，便借他，想不到这个家伙把我的脚踏车偷偷地卖掉了，害我找了一个月才找到。

工作后手头有了钱，我陆续买了一些当年的“贵重”物品，其中一台海鸥牌120照相机圆了我期待已久的摄影梦。结婚后还购买了蝴蝶牌缝纫机、金星牌彩电、飞鹿牌冰箱、红灯牌收音机等，虽然这些物品如今已不再“贵重”，但都是我们曾经的生活的一部分。当年凭借自己的工资购买这些物品，颇感自豪和满足。

◎ 半年工资买脚踏车

从矿石机、唱机到电视机

在我读中学的期间，我曾跟同学许维安和邻居唐龙宝学装矿石机。矿石机是不用电的简易收音机，它是由线圈、磁棒、二极管和耳机组成。参加工作后，70年代末有了一定的经济能力，学装了唱机（放塑料唱片的那种），也学装电视机。我装了一台示波仪的4英寸长筒电视机，只有一个频道，还不稳定，经常看不到电视节目。当时上海只有本地的5频道和中央台8频道，频道少，节目少，因为我水平有限，装了一年多没有成功，而那些零件却花了我不少时间从永福路和九江路中央商场买来。后一气之下通过熟人从上海广播器材厂买了一台上海牌黑白电视机。直到1983年结婚才买了一台金星牌彩电，是当年陈家巷为数不多的有彩电的人家。由于当时电视机要凭票供应，比较吃香。因为我邻居同学钱慧莉的父亲梁世宽在徐汇百货公司当保卫科长，我又在检察院工作，所以相对走动多，是他为我介绍了一位天钥百货商店的经理，才让我买到了电视机。80年代拥有一台彩色电视机，是一个家庭身份和财富的象征。如今我已不知换过多少台电视机，也有了家庭影院，但我还是念念不忘当初的黑白电视机带给我的快乐。我还曾购买过一台录像机，当时录像带奇缺，需要托人用兑换券购买，还需要和有录像机的朋友形成搭子互相翻录。现在，家用录像机也几乎绝迹了。记得80年代我还自己动手装落地电扇，在九江路买电扇杆和底座，在永福路买马达，马达分两部分，其中的线圈是自己用漆包线一圈一圈绕成的。

◎ 从矿石机、唱机到电视机

告别剩饭馊菜

上世纪80年代中期，为了改善生活品质，我买了第一台冰箱，是通过天钥百货商店的经理弄来的飞鹿牌双门冰箱，记得拆开包装箱一看，是令人心怡的荷绿色，我小心翼翼地搬进房间，喜悦之情难以掩饰，因为从此结束了吃剩饭馊菜的日子，结束了西瓜放在篮子里吊到井里去冰镇的年代。有了冰箱，既可以在家里自制棒冰，也可以去商店买了冷饮存放在冰箱里，着实让女儿高兴不已。那年代，家里有一台冰箱还是很稀罕的事情，前来参观的邻里络绎不绝，连我女儿也经常会把小朋友们带回家。这其中当然有人羡慕，有人嫉妒，也有人会在赞叹时提出帮忙弄一张冰箱票的请求。当时的人际关系淳朴，不是用金钱来打交道的，而我一旦有了票子，就会给需要的人家，显示我路道粗，又乐于助人。从80年代至今，我已无数次更换过冰箱，但第一次凭票购买飞鹿冰箱的情景，让我至今难忘。

市院第一位男性打字员

1980年，我调入了上海市人民检察院，成为市院第一位男性打字员。或许是因为当时的治安状况差，晚上需要加班打字到很晚，用男性打字员院里比较放心。三个月后，又或许是治安工作日趋稳定，女同事丁梅华来接我的班了。当时的打字机是用铅字打在蜡纸上再进行油印，步骤烦琐。手势熟练的人会一边看稿子，一边打字，再快的也只能1分钟打几十个字，目前这种铅字打字机早已被历史淘汰。告别打字员后，我开始负责复印机的工作。当年的复印机是电加热，在硒鼓上洒墨粉使用照相原理把文字拍到纸上，然后用电加热烘干，但经常会因温度过高引火烧纸，不时被卡住，质量非常差。但不管如何在当时这也属于超前的贵重的机器，是其他单位少有的设备，因此检察院专门配了一个房间锁起来，由我专职操作。这期间我通过自学，熟练地掌握技术，为领导和同事们服务，并接替任世和送机要的任务。任世和是机要员，掌管检察机关的大印，是我的直接领导，给了我许多帮助，并且教会了我许多工作的要领，在生活中也让我长了不少见识。当时在市公安局设立了公检法司的交换文件中心，她为我配了一辆机动两用车，烧汽油，质量差，常常掉链子，后来条件好了配一部吉普车，我每天从建国西路市检察院到福州路市公安局负责交换文件和简报。这期间审判四人帮上海余党的办案组当时租住在衡山宾馆，后搬迁至大沪饭店（公安局的招待所），我担任市院和办案组的交通员，负责分发每天的简报，直至1982年同事潘柏生来接我班。

◎市院第一位男性打字员

组建市院第一支摄录像技术队伍

我的复印室和行政财务科门对门，因此与财务科的赵予经常走动。1983 年初，一次偶然的机会，听到财务负责人高如轰在向市财政局申请费用，大谈“文革”后，检察院要提高检察员侦办案子的能力，需要技术装备。尽管讲得比较笼统，但我听到后脑海中灵光一闪——虽然我在交大时，与电化教研室的工作擦肩而过，但我平时常去电教室玩，这里看看那里摸摸，多少接触过这些设备，略懂一二，属于“三脚猫”。因此我斗胆向办公室马锐主任自荐，我会搞录音和录像。当时马锐主任抱着试试看的心态，让我和装备科的李金生先去采购了一批微型录音机，大小如同一包香烟。回来一试效果很好，反响不错，加上我又和高科长大谈这些技术设备对办案人员的必要性，以及具体需要哪些设备，并专门配合他向财政局写了报告，申请费用，强调“文革”后重建检察机关的重要性。报告得到批准，并获得了经费。此时，最高人民检察院发文北京、上海、广东先行试点技术部门，专门拨发了一批设备，其中有一款叫松下摄像机，由于当时刚接触到摄像机这个新事物，很多人不知道这是一款家用摄像机，为此我专门提出：办案一定要有高清晰度的专业设备。我的提议获得领导的同意和支持，并让我去上海广播电视学校和上海大学进修，学习掌握了专业技术，当时的学习条件艰苦，白天要上班，只能利用晚上和休息日骑自行车或挤公交车去上课，终于与蔡伟慈、徐子良组建了市检察院第一支技术队伍，主要的职能是法医、照相、录像。

◎组建市院第一支摄录像技术队伍

初次接待外宾

1986年12月6日，秘鲁共和国检察长塞萨尔·埃莱哈尔德·埃斯滕索罗博士一行四人率团到访最高人民检察院后抵达上海。这是改革开放后，我国检察机关恢复重建初期的首次外事活动，也是全面建立健全法治的重要的国际司法交流活动，对树立我国现代化国际形象以保障促进经济社会发展具有非常重大的现实意义。市检察院领导高度重视此次来访活动，由余源浩副检察长负责接待小组的工作，我有幸参与了这次接待活动的全程摄影、记录和报道工作，在涉外办和交警部门的大力支持下，我们配备了专车，途径道路全线畅通无阻，使我们得以有序高效地完成了整个行程的各项拍摄任务。第一天从虹桥机场迎宾到会见交流和基层的参观考察，我就拍摄了50多分钟的视频，蔡国桢拍摄了8个彩色胶卷的照片，详实记录了全过程。为秘鲁检察长的上海之行留下了丰富的影像素材，得到了马锐主任等领导的认可。第一次参与高规格的接待工作有着不少记忆犹新的感受：第一次感受到人在超常的荣誉感下会激发起超常的工作效率；第一次踏上厚厚的如同棉被的地毯；第一次看到来宾中的女性留着长长的五颜六色的指甲，各种图案的美甲，居然是可以粘贴上去的。我就像刘姥姥第一次进大观园，开了眼界。

第二次参与接待日本检察厅长时，视觉冲击力显然缓和许多，但还是有着不少难忘的第一次。在虹桥机场接机时，我第一次近距离看到“日航”那

◎ 初次接待外宾

么大型的飞机，颇感震撼；第一次拍摄了日本航空公司机组人员规范的礼仪，令人起敬。在去宝钢的路上。我们的车队前面有警车开道，后面十几辆车子跟着，路过一个路口时，前面的车刹车，我的车差一点撞上前面的车子，让我切实感受到惯性的威力。由此，我第一次切身体会到，跟车保持一定距离，绝对是一门技术活！

《除恶务尽》敲《警钟》

1983 年 8 月 19 日，我参加了全市统一的打击刑事犯罪行动。行动之前，在参加全市公检法摄像人员会议上，市公安局宣传处的人告诉我，这次行动范围广、规模大、力度强。随后市检察院召开了动员大会，我被分配到重点地区南市区和卢湾区（现都已并入黄浦区）配合拍摄抓捕现场。让我印象最深的是，在配合南市分局同事去抓捕犯罪嫌疑人时，居然迷了路。原因是地点在棚户区，当时又是酷暑天，许多居民都在乘凉，把整个道路都堵得严严实实，我们的吉普车开进去绕了很久才转出来，这是我们始料未及的，带路的当地派出所民警号称“活地图”，也只能摇摇头。8 月 30 号在万体馆召开了审判大会，场面震撼，后在各区县也召开了公审大会。市检察院在全市统一行动后抓紧做好批捕起诉工作，配合法院在年底召开了全市公审大会。随后，我们把这期间拍摄的抓捕和公审的视频素材，编辑成一部纪录片《除恶务尽》，作为法制宣传，在大世界（当时叫青年宫）的法治成果展览会上播放。从 1983 年到 1985 年，在技术科和宣传科负责人储国梁的领导下，我配合宣传科张径编辑了不少纪录片，其中有一部印象较深，叫《警钟》，记录了党员干部犯罪的案例，触目惊心，可以说，这也是反腐纪录片的先声。1985 年，在全国范围进行反腐败教育时，上海市纪委和市检察院联合举办了一次名为“警钟”的展览会，市委主要领导胡立教等同志参观，观看了我们编辑的同名电视片《警钟》，这种视频宣传之后成为检察机关反腐败教育展览的必备形式。

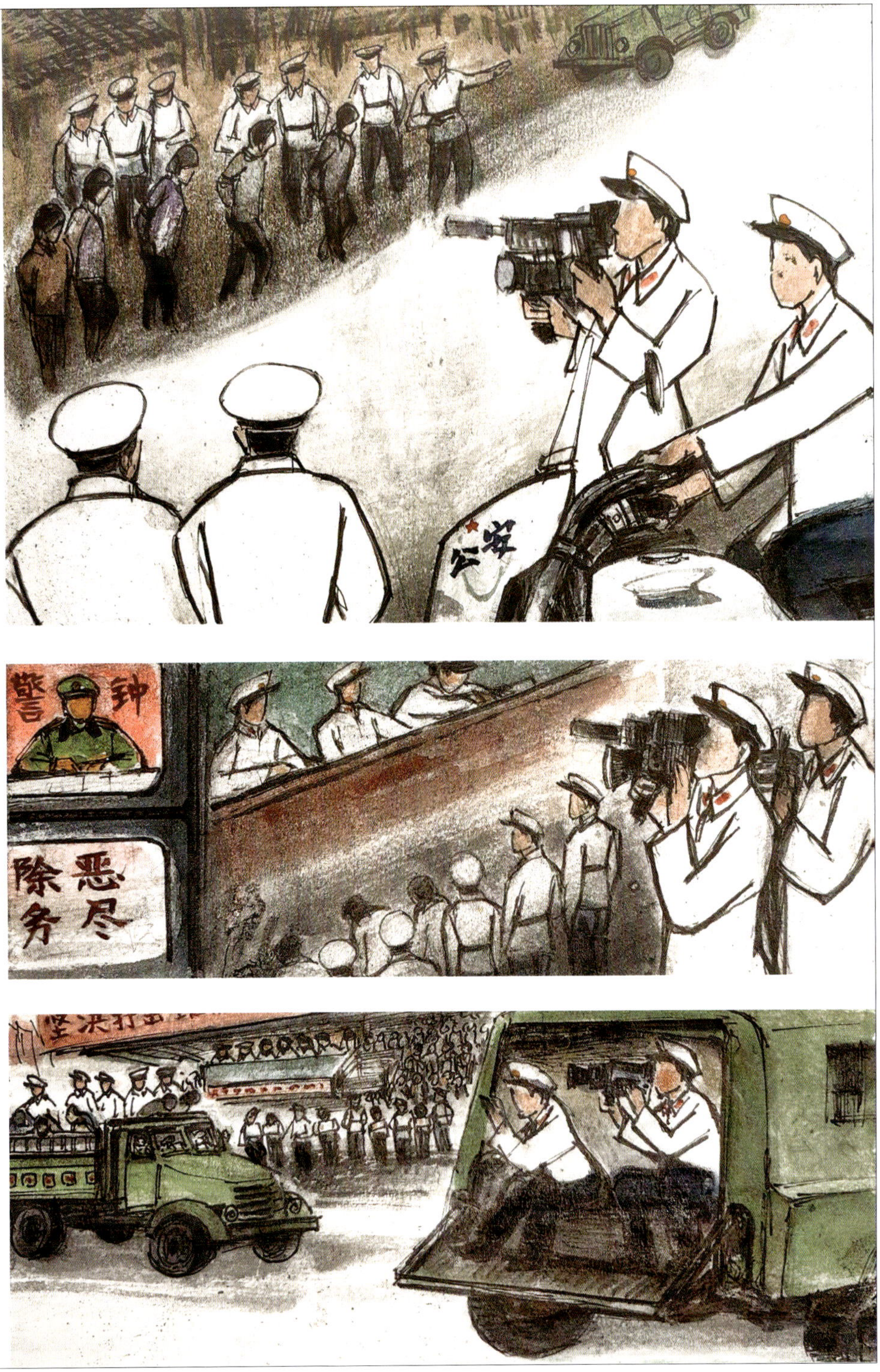

◎《除恶务尽》敲《警钟》

曹文建

曹文建，一位玉树临风、文质彬彬的帅哥。1980 年我进检察院秘书科与他相识，40 多年来我们的交往没有中断过，是我一生的朋友。曹文建写得一手好字，在检察机关系统称得上数一数二。1980 年我俩一起在浦东东昌中学参加了检察院的培训班。由于我们两个长相差不多，穿的服装也一样，因此我去威海路他家的时候，他的母亲居然把我认作了他。还有一件有趣的事，当年他的结婚照被店家展示在金陵路大方照相馆，我的结婚照被店家展示在南京路王开照相馆，结果还遭到某些领导的批评，说这是资产阶级思想的泛滥。其实在老上海人的记忆中，在照相馆拍照，最具生活的仪式感，每当走进照相馆，必定是要记录某一个时间节点的某一件重要的事由，那些老照片凝固了一个个历史的瞬间，记录了美好的岁月痕迹。在天平路上有家“群英”照相馆，就基本记录了我的成长。在检察院我们有四个相对比较玩得好的人，是曹文建、曾勉、王建国和我，被人戏称为“检察院的四大美男”，也成为茶余饭后的谈资。在检察院我们做同事的时候，他对我的帮助很大，当时秘书科科长李必陶特别关照他，要照顾我这个小兄弟，因为我一个人生活在上海，所以他非常关心我。他抽调去办两案（审查“四人帮”上海余党）的时候，我是送机要的，所以每天都有机会见面交流，聊工作，也聊生活。后来他早于我离开检察院调法学会当了律师。在我经历检察院的风波中，他费心为我平息风波，让我感动不已。我下海后在外资企业工作，极力将他推荐给一些外企担任法律顾问，他也确实帮助了多家日本企业在上海的合资中解决了不少法律问题。他后来当过上海法学会秘书长，最后调到上海政法学院，当副院长直到退休。

◎ 曹文建

潘柏生

潘柏生，为人豪爽、热情、幽默。他原是上海崇明农场的干部，被分配至检察院行政科，1982 年来接替我送机要的工作，调到秘书科。我们两个也相谈甚欢，由于当时都没有成家，大家把办公室当成了家，晚上总是和蔡伟慈三人聊天打牌，输的人脸上贴纸或用夹子夹耳朵，无忧无虑，玩得非常开心。他也是棚户区出身，住在潘家湾，在棚户区一个有小院子的房子，属于这个棚户区最好的人家。还记得有一次我们去安徽军天湖农场运档案材料，我们和驾驶员杨石樑一起顺便去黄山玩，爬山爬了一半，潘柏生突然吐血，把我们吓坏了，马上回上海看病，一查是肺结核。在作为同事相处的日子里，我们互相帮助，建立了纯朴的友情。我俩之间还有一件趣事——我和他曾经打过一次赌：小时候舅舅曾给我一幅画，是徐悲鸿的《奔马》，当时一直认为是真画。潘柏生说，你若真有，我请你吃饭。我拿出来，他一看，很爽快地请我到淮海路天津馆吃饭，估计花了他近一个月工资。后来有鉴定师到市检察院办事，顺便请鉴定师看一看——是仿品！为这事我被他絮叨、调侃了近四十年，成为一个长久的谈资。这件事也不禁使我想起，“文革”期间，在新民邨里，不知多少珍贵的字画被烧毁了啊！后来我调去技术处，他一直留在秘书科，一路做到检察长的秘书，后去浦东检察院当到副检察长。现在，退休后的他是一位字画评论的行家里手。

◎ 潘柏生

陈永生

陈永生，1982 年从复旦大学分校中文系毕业，分配到市人民检察院，先在研究室从事写作，后改任法律教师，是第一个为检察机关培养法律人才的人。他是负责为准备参加高考或考电大、考函授的同事讲课，俗称补习班，我也有幸上过他的古汉语补习班！他上课极其认真，口若悬河、生动活泼。印象最深的是他讲授古汉语中“弄璋”“弄瓦”二词，即生男生女的意思，生动有趣，我至今难忘。由于上法律大专班有名额，要部门推荐，我没有拿到推荐，所以没有拜到他门下当他的学生。他是一个古汉语教学与研究专家，因为检察院没有发挥他才华的地方，所以 1987 年调到上海教育学院中文系当教师。他古汉语的造诣非常高，发表过几十篇学术文章，又有一百万字的个人回忆录！可惜在出国潮的影响下，命运又把他推到另外一个国度，1990 年他全家移民到加拿大多伦多定居，从事国际贸易及汉语教学。我为身边少了一位可以随时请教的专家而遗憾。但他每次回国，我都会组织张罗我们检察院的同事叙旧。这次我写个人经历时专门请教了他，也学到了他的表达方式。他给了我许多帮助和支持，因为我们从小的生活环境、家庭背景、走上社会的机遇和成长的经历（除了他插队落户以外）基本相仿，都是棚户区出身，也都是靠自己奋斗，遍尝人间酸甜苦辣而走过来的人，所以我们两人相当谈得来！

◎ 陈永生

告别检察院

人生的道路不可能总是四平八稳、顺顺当当，难免会有大起大落、跌跌撞撞。1992 年市检察院联系了瑞金医院派医生到院里来为干部体检，我想做好事，早点去拍一些照片留作资料，当时医务室的医生对我说，你拍到哪里，就在哪里做检查。我正好拍到一个项目的时候，就顺势坐下来做检查，后面排队的人对着我就吼了：你是哪路神仙？为什么插队？我便做了说明，那人与我争辩了几句。我以为事情就过去了，谁知此人又到处告我状，过后我和他碰到，又发生了冲突，他先动的手，我也回击了他。想不到的是，九天以后他的身体出现状况，由于我拿不出他在九天里有过被打、被碰、被撞受伤的证据，所以被认定他的身体状况是我九天前的过失伤害所致。结果这件事闹得沸沸扬扬，系统内上上下下皆知，我的领导和同事为平息此事尽了最大的努力，特别是技术处处长林阿连，为我费尽心思，但我在技术处的工作还是保不住了，我被下放到市检察院汽修厂劳动改造。谁知在此过程中，我因无端被呵斥而差点又引起冲突。事后想想，有些人是因工作性质的关系，养成了训斥人的职业习惯；而自己也因多年职业身份的影响，有高傲自大的心态，所以造成无法弥补的后果。经过这一年多时间的纠缠、讼争，我身心疲惫，为自己的一时鲁莽付出了沉重的代价，也受到了严重的惩罚。世上没有后悔药，最后，我无奈地离开了我心爱的工作，告别了检察院，投向了茫茫的商海之中。

◎告别检察院

初涉商海

1993年，我下海了。这也是我人生中的一个重大的转折。

初涉商海，其实并没有方向。我认识了一个温州人叫徐昌标，人非常聪明，有一次我跟他去买水果，水果摊的老板还没有称好，他自己就已经把多少钱给算出来了。他是做布料生意的人，在思南路开了个思南饭店，当时的经理是孙剑虹，也是我的朋友，外号“扁头”。在交往中，我无意间跟他学到了如何调教厨师、如何配菜单，后来老板徐昌标去开房产公司，我就跟着去做了一个办公室主任，先是在西郊开发别墅。由于徐老板是单打独斗，我也学不到什么东西。待了一年之后，1994年我去了一家中日合资企业，老板是在上海出生的日本人，会讲上海话，叫西浦良和，良幸公司是做睡衣的，专门出口到日本。因为受“文革”的影响，睡衣在中国已消失多年，是西浦良和打开了上海的市场。我被任命为社长助理，专门处理企业投资涉及的方方面面的关系。他当时跟上海法学会下属的尚发公司合作一家叫“良幸梦”的酒店，由于公司的一位吕部长不愿意去担任经理，所以派我去当了经理，我正好把在思南饭店学到的小本事，全部用在上面了。当时饭店开得顺顺当当，小有名气。但也因为中外合资经营理念和管理手段不同而产生分歧。我也就暗存离开之心。有一次古北集团的赵总在我饭店里吃饭的时候，讲到集团要搞一个俱乐部，也有餐饮娱乐。他讲者无意，我听者有心。我心想古北是国企，应该到那里才能发挥我的才能。不久我向西浦提出辞职！1996年我去了古北集团筹建古北健身俱乐部。

只只包甜
三角一斤

上海古北健身俱樂部
开張大吉
生意兴隆
大吉大利

古北集团的初创

从1988年到1997年的十年，是中国房地产的大发展时期，如雨后春笋般诞生了大批房地产公司。古北房地产公司在初始阶段成立了联合公司，先是在古北这块土地上建造了中国第一批外销房，即用外汇券才能购买古北的房子。90年代，把古北这片土地打造成上海的十大景观之一，古北所有道路的命名都十分独特，如荣华西道、永华东道、黄金城道、富贵东道，用“道”来命名在当时的上海是独此一家。此外又用一些重要国家的首都来命名古北新区新建楼盘，把古北变成了一个小小联合国，让人过目不忘，在国际上也形成了影响，成为外国人居住上海的首选。

1996年，我被任命为古北文化娱乐公司副总经理，负责筹备古北健身俱乐部的开张和营业，这是当时为古北新区配套的会所。报到的当天和公关经理分在一个办公室，此人叫姚敏，原来是区政府的秘书，下海后，负责俱乐部所有营业执照的申领和相关文件的存档，也是刚到古北报到不久。古北健身俱乐部建筑面积一万平米，占地面积一万平米，在荣华西道59号，融餐饮、娱乐、健身为一体。由于缺少资金，开始的时候困难重重，在大家的努力下，终于克服困难，按时开张。值得一提的是，1997年圣诞节，在我的策划下，请了当年上海电视台当红的主持人晨光和袁鸣主持节目，这在当时开创了先例。由此，古北健身俱乐部名震上海。

◎ 古北集团的初创

东拼西凑入了股

古北集团的前身是上海古北新区联合发展公司，成立于 1986 年 12 月，1994 年 2 月改制为古北集团，是上海最早的混合经济体股份制有限责任公司。公司拥有房地产综合开发一级资质，仅仅数年间，通过全新的建筑语汇一再改写世界公民对上海的认知，成为上海的记忆与风标。古北新区也成为成功人士安居乐业的首选之地。作为第一家混合经济结构的股份制企业，古北集团 50%是国家股，50%是职工股，所以我一进古北集团，就交了相当于自己十年的工资入股。我从机关下来没有这么多钱，只能东凑西拼，但是我相信公司领导的前瞻性和大局意识。随着古北集团的发展，公司领导发挥了他的想象，把 50%的职工股卖给了中华企业（原来要卖给复星集团，公司领导以他敏锐的目光认为价格太低，没有出手），这一下我们所有的中层干部都财务自由，像爆米花一样。我也有了自己的第一桶金，有了财产基础。

◎东拼西凑入了股

艰难经营

由于集团给的资金有限，古北健身俱乐部开始运营的时候，只能边经营边还贷。我托晨光请原上海市市长汪道涵为古北健身俱乐部题名。俱乐部规模大，有餐饮，有酒吧，有 KTV 夜总会，有棋牌室，有斯诺克桌球房，有射击房，有桑拿、保龄球、游泳池、健身房等等。由于俱乐部在 90 年代属超前的存在，没有经营经验，所以整天忙着拆东墙补西墙，有时忙于打别人官司，有时也忙于应对别人打官司，经营中也要应付各种意想不到的麻烦。有一次接到当地分局的通知，大年夜夜总会不要开。我严格执行。谁知这天晚上来了二十多个开着摩托车的小伙子，一定要夜总会开门营业，拦也拦不住，嚷嚷着要找负责人，安保上去就被打了。那天我正好在场，对他们说公安局说的不好开。他们依然不依不饶。我就说我要报警了，他们说愿意私了。于是我就想到了一个朋友，号称在社会上搞得定。打通电话后，我把电话给他们听，结果他们听了都停止了无理取闹，对我说了对不起就马上撤退了。还有一次，俱乐部经营的一家饭店，来了个自称有公安背景的人，酒喝多了，把门口的安保给打了，安保哭着找我，我心想谁有那么大的胆子，敢在我这个曾经的公检法系统的人面前打出公安旗号。我上去一把拉住他，说你们的领导我认识！这人被我一拉酒吓醒了。第二天他大概打听到我的一些经历后来赔礼打招呼。类似营运中的冲突和风波很难避免，这只是“艰难经营”的一个侧面。

◎ 艰难经营

遭人诬告

由于古北文化娱乐公司下属的古北健身俱乐部在经营中困难重重，许多原来的美好设想在实际操作中行不通，比如室内的造波游泳池，不合实际；又比如射击馆，虽然有枪支许可证，但弹药的危险性又令人提心吊胆，管理上责任巨大，就怕出什么意外；再比如地下室潮湿不透气，不适合开保龄球馆等等。很多情况既需要更多的理念突破，又需要切合实际予以解决，我白天到文化娱乐公司下属的古北广告公司上班，午饭后就到俱乐部上班，因为我身兼两职，虽然勤勤恳恳做六休一，还是遭人举报，说我又在夜总会喝酒，又在卡拉OK唱歌，又在餐馆吃饭。相关的领导偏听偏信谗言，是非不辨来找我问罪。我便据理力争，这是我工作性质决定的，回掉了他不问青红皂白、干预下层管理的无理取闹，为此也得罪了他。集团董事长孙勇看在眼里，急在心里，通过调查了解，认为举报信并没有原则性的问题，于是他找到我，一方面劝阻我们双方不要闹得太僵，另一方面又提出一个大胆的设想：你能不能把你的广告公司转制为私营公司，因为之前集团的销售公司已经转制为私营公司了。这时，我命运的转折点又来了！为此我立马和广告公司的副总经理姚敏商量此事。当时的时代背景是“十六大”提出了国企改革，而我对国企的一些管理理念非常反感，促使我产生脱离国企、能完全自主经营的想法，为此，我开始为实行转制做积极的准备。

举报箱
举报信

立足古北的广告公司

1996年我刚进古北时，与姚敏在一个办公室同桌，我们两个的性格和工作方式都非常默契，彼此能坦诚相见。此时她是古北广告公司副总经理，我是总经理，董事长是宣辛龙。2003年，我与她商量集团公司有关转制的意见，得到了她的赞同，她愿意与我合伙。我就开始准备材料，进行资产统计。因为集团对广告公司投资很少，也没有什么固定资产，所以我们要解决两大问题，首先，是与国有资产的清算，我们聘请了专业的资产评估公司，按照古北子公司的股份比例进行认真的清算。第二，是员工遣散的问题，要积极推动集团的有效的最大的补偿。通过我们两个人的努力，这些问题都顺利解决了。从此，我真正意义上当上了私营企业的小老板。没有了方方面面的束缚，我们得以放手去拼搏、去努力，几年的光景，我们两人把公司办得风生水起，公司依托古北新区肥沃滋润的商业土壤，不断拓展崭新的事业疆域，取得了骄人的业绩。我也从此告别了夜猫子的生活，过上了正常人的早九晚五、做五休二的日子。

如今回看2007年古北广告公司十周年庆典的致辞，依然令人热血沸腾："古北广告公司积极参与重大市政项目，以新科技、新材料、新工艺的运用，将数字科技与艺术特有的视觉、听觉和触觉信息等感知特征作为公共艺术计划的要素，通过文化符号促进空间认知感、区域归属感与场所记忆，用心诠释都市生活的丰富内涵"，"身怀绝技，方能名震江湖。不羁的智慧之锋芒，准确的速度与力量，招招中的，例无虚发。奇思妙想，天马行空，只为完美传递企业产品的利益点，震撼消费者的心灵，为客户赢得超乎想象的传播效果和营销佳绩。"

◎立足古北的广告公司

倾情改造法华街

如何充分运用社会资源，召集各路人才，扩大经营思路，服务于社会，是古北广告公司改制以后我一直追求的宗旨。首先，得知天山茶城要改造，通过调研，我想把原来的色织四厂改造成一个类似城隍庙的景观灯光的购物中心。我专门召集了苏州园林的技术人员和工人，参与了天山茶城的景观灯光设计改造，获得了长宁区的好评。随后，得知法华镇路将进行市政改造，我非常兴奋地参与到这一工程之中，把它改造成景观旅游点。法华镇路紧邻我的居住地，它的历史令人唏嘘：法华镇曾是上海最早出现的小镇，法华镇路也曾是上海西区一条著名的古道，得名于北宋天宝年间所建法华禅寺，这条路原先是条河，叫法华浜，河岸曾是庙会集市的繁荣景地，有“先有法华，后辟上海”的传说。1958 年填浜建路。但到了上世纪七八十年代时，法华镇路已凋敝没落，惨不忍睹。了解了法华街、法华古镇曾经的历史面貌，我紧紧抓住这一特点设计了牌坊石桥，做成江南特点的一个景观，把原来一条脏乱差的马路，改造成一个令居民和游客赞不绝口的景点，并成为街区旧改成功的经典之作。这是我参与的众多工程的一个缩影。但我付出的个人感情也最多。我的公司为什么要倾尽全力来改造这条路？这是因为我从小生活在陈家巷，与法华镇路近在咫尺，养母的大生织带厂就在法华街上，我小时候隔三岔五就要去她的厂里，每当走过路过，这段马路的脏乱差留给我很不好的印象，如今有机会参与它的改造，无论于公司的能力和我个人的感情，都必须倾情投入。后来公司又参与了上海辰山植物园、上海世博文化公园等项目的建设。

法華歷史

海古北广告有限公司
天山茶城
虹桥市民影剧院
上海世博文化公园
上海辰山植物园

古北集团的合并

古北集团最后一任董事长是戴智伟，他为人热情豪爽，是个心地善良的好人，可惜他来当集团总经理的时候，我已经改制了。否则我也不会离开古北集团。但是，在我们古北广告公司碰到困难时，他仍然会不遗余力地给予帮助，比如说古北广告公司的办公用房，虽然我们已经离开古北集团，他还是千方百计为我们安排，让我感动不已。他始终把我们当成古北集团一分子，对外总是说古北广告公司是古北集团下的公司，不离不弃。他是个处处为他人着想的人，而且不论你职位高低，是一个重情义、讲信用的人。为此，我向他开口想继续在古北健身俱乐部租用房子开饭店与外商合作，戴总欣然同意。我把原来一个大的饭店分割成多个有特色的小饭店，形成美食坊的格局，获得成功。后来由于房地产形势不好，中华企业上市公司要求古北集团把古北健身俱乐部卖掉为上市公司产生利润，由我参与建造和经营的古北健身俱乐部的命运就此画上句号。也是一个遗憾的事情。由于古北房地产开发已近尾声，古北集团合并于中华企业，也就结束了它在古北的光辉使命。

◎古北集团的合并

饭店情结

1983年之前，我基本没上过饭店吃饭。之前的朋友聚会都在家里，一般是到熟食店买几个熟菜，家里再炒两个热菜、烧一个汤。那时候陈家巷新民邨大多数人家办婚事也是请厨师到家里烧。后来我的同龄人办婚事才有机会上饭店。我第一次去宾馆吃饭，还是同事任世和搬家，她父亲任百尊是锦江饭店总经理，自掏腰包在锦江安排了一个饭局，我是刘姥姥进大观园第一次上馆子。到了90年代改革开放进入鼎盛时期，市场繁荣，商机处处。1993年我下海后，和朋友经常出入乍浦路、黄河路、思南路的饭店。从此，对饭店是如何运营的开始熟悉起来。真正意义上的管理饭店，是西浦良和给了我机会。当时中日合资了一个叫"良幸梦"的饭店，委托我全面负责，这是我第一次涉足饭店的经营管理。从此，我便与饭店餐饮结下了不解之缘。后来我在古北健身俱乐部，负责饭店经营管理多年，直至2003年改制自己做老板，和朋友合开了"清一色餐饮管理公司"，经营了各式各样的饭店，过了一把瘾。到了2018年，由于我对饭店管理还意犹未尽，在朋友的怂恿下在南京西路又开了一家西餐厅。然而，餐厅前后只开了不到一年的时间，就关门大吉。多年的餐饮经营管理让我领悟到：经营的思路一定要拓宽。原先开饭店多无特色，古北新区外国人多，和外商合作开外国人喜欢的料理店，切中了命脉，创造了特色；我们国人总体上喜欢中餐。在南京西路上开西餐馆与众多著名中餐馆对垒，犹如唐吉诃德战风车，不自量力。此外，给我的启示还有：做事一定要亲力亲为，用人一定要知人善任，千万不要为了面子而放弃原则。

锦江饭店
JIN JIANG HOTEL

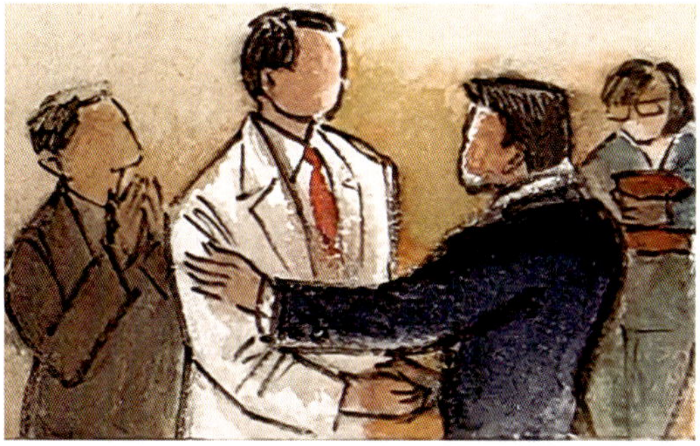

良幸夢酒家4.8隆重开业

幸运的数字　幸运的年代

历史往往很奇妙。1973 年，上海评弹团准备招我去唱评弹，我的养母找到陈宝根舅舅商量去不去，因为担心学方言要迁户口去外地，便不同意去报考，由此我的命运未能改变。1983 年，生活中，我成家了，成为参加上海青年宫（原大世界）第一批集体婚礼的青年；工作中，我毛遂自荐向办公室主任提出要做新兴的技术工作，从而改变了我的命运，并推动了上海市人民检察院技术处技术装备的提升。1993 年，我在命运的转折关头，毅然选择下海，从在私营企业打工，到在中日合资企业打工，再到在国营企业打工，经历了在不同体制中的磨炼，直至 2003 年企业转制，才真正成为自己命运的主人，在新的世纪里，真正有了成就。2013 年，我名下经营的公司达到五家：古北广告公司、古北景观灯光设计公司、金兆公司、清一色餐饮公司、紫一色娱乐公司。2023 年，原本由我策划的集体回忆图文书《故事陈家巷》，因某种原因搁浅，我不得不改变原来的构想，重起炉灶赶鸭子上架，自己提笔写自己的经历，童年、少年、青年、中年，一步一步写到了花甲之年，写了 113 个故事，产生了 153 幅画。回顾走过的历程，“3”或许是“我”的幸运数，总是预示着命运的转机和变化，但更幸运的是，80 年代和 90 年代，是个令人奋进、充满希望的年代，在我火热的青春岁月中，有一种不怕苦、不觉脏、不知累的激情。当时人际关系是如此单纯，命运之神总是不知不觉地推动着你前行。

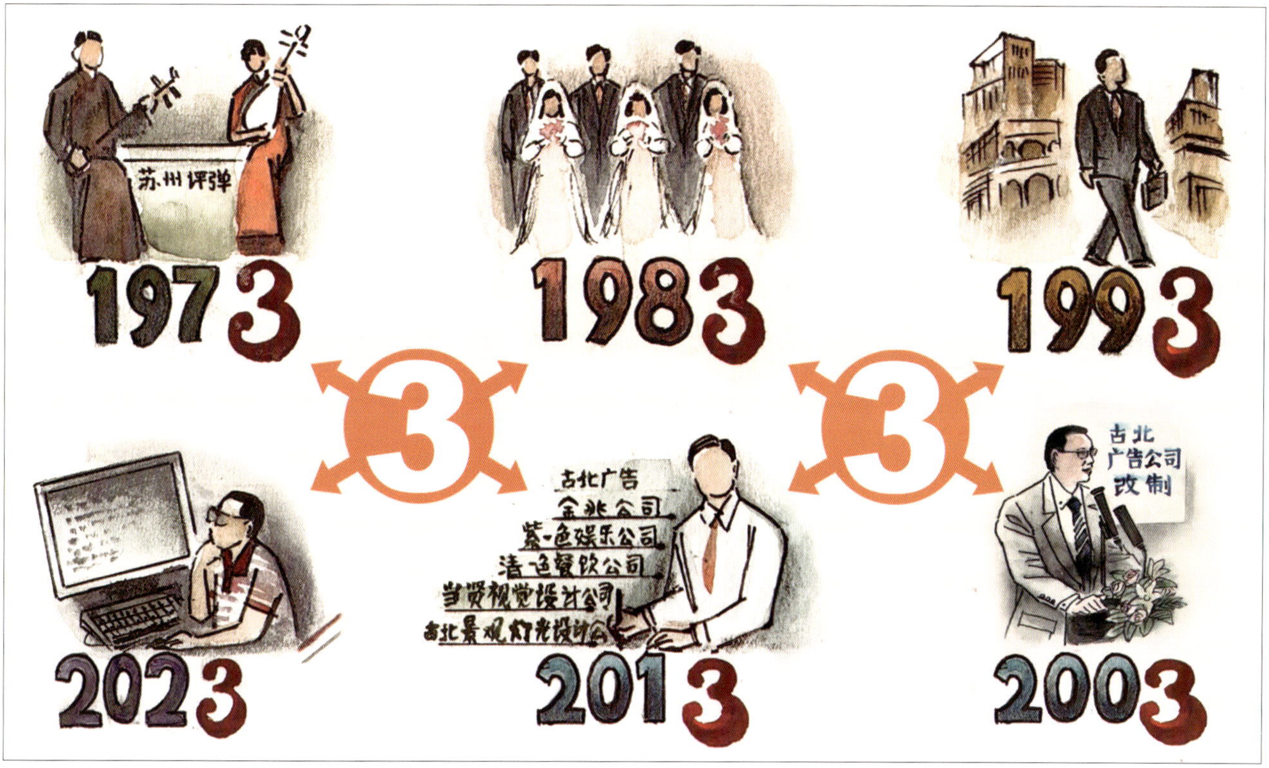

◎ 幸运的数字 幸运的年代

一个人懂得知恩图报，才是生活在人世间的真正意义。我工作相对稳定之后，也会帮助身边一些生活中遇到困难的人，包括我的邻居、我的同学甚至邻居的亲戚等，我都满腔热情地向他们伸出援助之手。我也乐意做一些善事和公益，帮助养母老家修路，帮助养父母在老家捐款建庙等等。回顾走过的路，有感于沧海桑田、人事变迁，很多往事，原来是个事故，后来变为故事，颇有意味，也值得记录下来，让后辈们了解前辈的艰辛，也让同辈们重温和回味那个年代的生活。

一滴水可以知大海。

我走过的路，经过的事，折射出一个时代的变迁，反映了芸芸众生的真实生活，即老百姓的欢乐与苦恼、理想与奋斗。

未来的道路还长，还有很多故事会发生。

人生不急，慢慢走！

2024 年 3 月 13 日完稿

后 记

光阴似箭，人世沧桑，转眼六十七年的时光像流水一样过去了。如果不是苍天保佑我有幸遇上众多的好心人，原本在六十七年前一个风雪交加的日子里我幼小的生命就会夭折。是好心人救下了我这个弃婴，由我的养父母怀抱着、关爱着健康地成长起来。一路走来，所有的艰难险阻，相比于对生命的拯救和护佑，都显得非常渺小。我感恩我的养父母。

我是一个小人物，却生活在一个轰轰烈烈的大时代。我个人的成长过程和生活经历，从一个侧面也反映了社会的发展和时代的变迁。岁月流逝，社会生活不断地变化，一切与现实不符合的、不适应的、不相配的生活方式、生活观念、生活器具乃至儿时的游戏，随着时间推移而逐渐消失。但沉淀在我记忆中的一些往事却无法褪去，时不时在我心中泛起波浪。我这个人非常怀旧，所以常常想跟儿孙们说些过往的故事却又不知从何说起。往往是丢三落四，今天说了这个，明天忘了那个。但是，为这个曾经带给过我们贫困和富裕、痛苦和快乐，更重要的是曾经带给过我们变革、机遇、活力和希望的时代留下一点信息和痕迹，则是我写作这本书的初衷。我感恩这个时代。

也是好事多磨，由我策划和指导的“故事陈家巷”这个构想由于某种原因搁浅！这时我的好友、《收获》主编程永新以及上海社科院出版社原副社长徐侗鼓励我，说我的个人经历就是改革开放四十多年历史的生动写照，为了不负好友的美意，也为了实现自己的初衷，我跃跃欲试又诚惶诚恐地拿起笔，在好友们的推动下，不分昼夜，历时半年多，终于写下了这本《人生不急慢慢走》，想想有点不可思议，却也非常有意思。

一位与我共事了几十年的老同事在读了书稿后对我说：我和你生活在同

一个年代，你的很多的生活经历我也都经历过，比如过年通宵排队买鱼、买冰蛋，结账付钱靠铁丝做轨道让钱夹子在头上飞来飞去的百货商店，吃火锅可以和互不相识的人围坐着一个宝塔形的铜锅涮肉涮菜各管各吃，拿着铜吊去店里零拷冰啤酒，堂吃西瓜把西瓜子留在店里，春游秋游西郊公园的盖浇饭，女同学下课放学最开心的娱乐活动还有翻麻将牌、造房子等等，这些回忆时不时被你写的故事带出，生出共鸣。她还说："这本书虽然没有华丽辞藻，但却让曾经的岁月跃然纸上。这些故事是你的，也是那个时代和每个家庭、每个人的，虽降生不同，个人发展不尽相同，但生活方式、历史场景都点滴雷同，是同一个时代的人共同经历的人世间，对上海乃至全国的社会传统文化传承，会产生深远的影响和独特的历史价值。"拙著能够引起同龄人的共鸣，我感到欣慰。

《人生不急慢慢走》的策划和写作过程，让我深深体会到，每一个人的生活经历都不会相同，就像常言说的，这个世界上没有两片完全相同的树叶，但每一片树叶都是一道风景，而千千万万片树叶，构成了历史这棵参天大树。

我要真诚感谢：感谢见证了我的领养过程并始终关爱着我成长的毛秀英、李绍恒夫妇为我讲述我的身世和陈家巷新民邨的历史；感谢我的发小、同学、本书插图的作者王荆龙，作为旅日画家，不辞辛劳地为我的文字配上形象生动的图画；感谢上海社科院出版社原编审徐侗先生和资深美编闵敏先生给予的精到又专业的鼎力相助；感谢我的好友、同事、语言学家、古汉语研究学者陈永生先生在我写作中给予的无私帮助和指导；感谢上海市人民检察院同事曹文建为拙著题签，老同事张径先生和蔡国桢先生热心提供史料和帮助；感谢我的同学和邻居沈建国、朱继强、虞力、王泽平、王国平、庄黎曼、陈伟国、徐建军、薛佩珍、徐海英、陈喆等等提供帮助。谢谢各位了！

慢慢走，人生不急……

2024 年 6 月 13 日

图书在版编目（CIP）数据

人生不急慢慢走 / 王金根著 ; 王荆龙绘. -- 上海 : 上海文艺出版社, 2024. -- ISBN 978-7-5321-9123-9

Ⅰ. I267

中国国家版本馆CIP数据核字第2024VG0087号

发 行 人：毕　胜

责任编辑：张诗扬　景柯庆

书　　名：人生不急慢慢走

作　　者：王金根

绘　　者：王荆龙

出　　版：上海世纪出版集团　上海文艺出版社

地　　址：上海市闵行区号景路159弄A座2楼　201101

发　　行：上海文艺出版社发行中心

上海市闵行区号景路159弄A座2楼206室　201101　www.ewen.co

印　　刷：上海安枫印务有限公司

开　　本：889×1194　1/16

印　　张：15

插　　页：4

图　　文：240面

印　　次：2025年1月第1版　2025年1月第1次印刷

I S B N：978-7-5321-9123-9/I.7172

定　　价：128.00元